Maisey Yates

El legado oculto del jeque

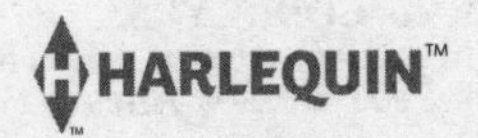

Editado por HARLEQUIN IBÉRICA, S.A.
Núñez de Balboa, 56
28001 Madrid

EL LEGADO OCULTO DEL JEQUE, N.º 2211 - 13.2.13
Título original: Hajar's Hidden Legacy
Publicada originalmente por Mills & Boon®, Ltd., Londres.

I.S.B.N.: 978-84-687-2406-5
Depósito legal: M-38287-2012
Editor responsable: Luis Pugni
Fotomecánica: M.T. Color & Diseño, S.L. Las Rozas (Madrid)
Impresión en Black print CPI (Barcelona)
Fecha impresion para Argentina: 12.8.13
Distribuidor exclusivo para España: LOGISTA
Distribuidor para México: CODIPLYRSA
Distribuidores para Argentina: interior, BERTRAN, S.A.C. Vélez Sársfield, 1950. Cap. Fed./ Buenos Aires y Gran Buenos Aires, VACCARO SÁNCHEZ y Cía, S.A.

Capítulo 1

NO LE llamaban la bestia de Hajar por casualidad. Katharine ya lo tenía claro. Zahir S'ad al Din intimidaba tanto como decían. Era completamente distinto al hombre que había conocido años atrás. Frío, distante, amedrentador... Pero ella no podía permitirse el lujo de dejarse apabullar. Además, ya estaba acostumbrada a esa clase de hombres, fríos, severos...

–Jeque Zahir –empezó a decirle, dando un paso hacia el impresionante escritorio.

Él no la estaba mirando. Sus ojos estaban fijos en el documento que tenía delante.

–He estado esperando una respuesta, pero no he recibido nada.

–No. No he mandado nada. Y por eso me pregunto qué haces aquí.

Katharine tragó con dificultad.

–Estoy aquí para casarme.

–¿Es eso cierto, princesa Katharine? Había oído ciertos rumores, pero no me lo creía –levantó la cabeza y, por primera vez, Katharine vio su rostro.

Era cierto. Intimidaba mucho. Tenía cicatrices en la piel del lado izquierdo de la cara, y el ojo de ese lado tampoco parecía mirar con tanta intensidad como el derecho. No obstante, aun así, Katharine sentía que él podía verlo todo dentro de ella, como si las heridas que le habían dañado la visión también le hubieran dado un sexto sentido, más de lo que cualquier mortal tenía. Muchos decían que era un fantasma, o una especie de dios. Mirándolo, era fácil adivinar por qué.

–Sí que llamé –no había hablado con él personalmente, pero sí con su consejero.

–No pensaba que dejarías tu palacio acogedor y viajarías desde tan lejos para ver rechazada una propuesta de matrimonio. Pensaba que había dejado muy claro cuál era mi postura al respecto.

Ella se puso erguida.

–Pensaba que me debías una conversación. Una conversación cara a cara, no una respuesta por correo. Y no he venido a que me rechacen. He venido a asegurarme de que se cumpla con el contrato. El trato se hizo hace seis años...

–Era Malik quien se iba a casar, no yo.

Pensar en Malik siempre la entristecía, pero su tristeza era por una vida truncada demasiado pronto. No había nada más. Él había sido su destino, su deber... Siempre le había tenido mucho cariño, pero nunca había llegado a amarlo. Al principio, perderle había sido un duro golpe. Todo había cambiado de repente. Se le habían abierto nuevas puertas, nuevos horizontes, un futuro distinto... Con el tiempo, sin embargo, se había dado cuenta de que en realidad todo seguía igual. En vez de Malik, sería Zahir, pero todavía seguía condenada a venderse por su país, aceptando un matrimonio de conveniencia. Ya no le importaba tanto, no obstante. Casi se había hecho a la idea. A fin de cuentas, cambiar de prometido tampoco suponía tanta diferencia. Sin embargo, mientras miraba a Zahir se daba cuenta de que la práctica no tenía nada que ver con la teoría. Él era... Era mucho más de lo que había esperado.

«Nunca se trató de ti, ni de tus sentimientos. Tienes que estar preparada para llegar hasta el final...».

–Eso era lo que yo pensaba. Pero cuando examiné los documentos con más atención...

Su padre se había ocupado de los términos legales del acuerdo matrimonial entre Malik y ella.

Poco le había importado entonces, no obstante. Su relación con él no había sido más que una maniobra política de sus padres. Solo lo había visto unas pocas veces y había aceptado su deber hacía la patria. Casarse con él era su contribución, el impuesto que pagaba por ser quien era.

Nunca había leído el documento personalmente... hasta unos meses antes...

–Bueno, sí. Pero si miras la manera en que está expresado, se ve que estoy prometida con Malik... a menos que él no esté en condiciones de heredar el trono de Hajar. En ese caso, tengo que casarme con su sucesor. Ese eres tú.

Era tan extraño estar delante de él, casi suplicándole que se casara con ella, cuando en realidad deseaba salir corriendo y no parar hasta estar bien lejos de allí. No quería casarse con él, al igual que él tampoco quería casarse con ella.

Pero su padre se estaba muriendo, demasiado pronto. Y el tiempo se le agotaba. Tras la muerte de Malik, lo del matrimonio había sido pospuesto de forma indefinida y nadie la había molestado durante un tiempo. Se había dedicado a servir a su país de otras formas, haciendo voluntariado en hospitales, buscando contactos para promover el turismo... Por fin había encontrado una forma de sentirse útil, libre de ataduras de género y físico. Pero todo eso parecía tocar a su fin. A su padre solo le quedaban unos meses y a Alexander, su hermano y futuro rey, le faltaban seis años para llegar a la mayoría de edad requerida para acceder el trono. Eso significaba que habría que nombrar a un regente, en caso de que su padre muriera de forma repentina, pero ella carecía de los atributos requeridos para ocupar el puesto. En otra época había sufrido mucho por ello, pero ya lo tenía superado. Estaba lista para pasar a la acción. Si no conseguía marido antes de la muerte de su padre, el hombre que quedaría a cargo del país sería su pariente varón más cercano. Y lo que ese pariente podría llegar a hacer con esa clase de poder la hacía temblar por dentro. Tenía que impedirlo a toda costa. Se lo había prometido a su padre. Le había prometido que conseguiría una alianza con Hajar, que se casaría con Zahir. Le había jurado que protegería a Alexander.

El fracaso no era una opción. No podía mirar a su padre a los ojos y decirle que había fallado. Ella era mujer y eso la hacía inferior a los ojos de todos, incluido su propio padrc. Él siempre le exigía más y la alababa menos que a su hermano Alexander. Daba por sentado la valía de su único hijo varón, mientras que ella tenía que trabajar muy duro para demostrar su valía todos los días. Pero siempre había aceptado con valentía el desafío. Siempre había estado orgullosa de poder servir a su país, a su gente... Y ellos la necesitaban más que nunca en ese momento. Era su única esperanza. No podía tropezar, no en la última fase de la carrera. Pensando en ello sintió una ola de pánico que le revolvía el estómago.

–Yo no quiero una esposa –dijo él, bajando la vista de nuevo.

Ella cruzó los brazos y levantó la barbilla.

–Yo no he dicho que quisiera un marido. No se trata de querer o no querer. Se trata de una necesidad. Se trata de hacer lo mejor por nuestros respectivos países. Este matrimonio fortalecerá la economía de los dos países, y ya sea con Malik o... contigo... Es lo correcto.

Sus palabras sonaron frías, implacables. La dejaron helada por dentro, pero tenía que hacerlo, por su patria, por el futuro de su gente. Él la miró fijamente. Sus ojos oscuros y pétreos no mostraban interés alguno, sino más bien indiferencia. Era como mirar hacia el fondo de un pozo negro y profundo, vacío... Aquel rostro, desfigurado a causa de unas heridas terribles, le hacía parecer menos humano. Bajó la cabeza de repente.

–Puedes marcharte ya.

Ella lo miró con un gesto de perplejidad, boquiabierta.

–¿Disculpa?

–Llevo unos diez minutos intentando deshacerme de ti. Sal de mi despacho.

–No lo haré –dijo ella.

Por un instante, no obstante, deseó dar media vuelta y salir de aquel oscuro despacho, salir a la luminosa mañana de Hajar, perderse en el mercado, fundirse con la multitud... Solo por un instante. Y entonces lo recordó. Recordó por qué tenía que hacer aquello. Si no lo hacía, John se apoderaría del trono, y si llegaba a modificar alguna ley para perpetuarse en el gobierno... Entonces ya no habría nada que hacer. Zahir se puso en pie. Ella dio un paso atrás. Era un hombre enorme, mucho más alto de lo que recordaba.

–¿No has curioseado ya bastante? ¿Por qué no vas y le vendes la historia de tu encuentro conmigo al mejor postor?

–No estoy aquí por eso.

–No. Claro que no. Solo quieres casarte conmigo. Vivir aquí, en el palacio.

Rodeó el escritorio dando dos zancadas largas. De repente, Katharine notó algo en el ritmo de sus movimientos. Era una ligera cojera... Se detuvo de golpe y cruzó los brazos.

–Conmigo. ¿Pero cómo iba a resistirse a una oportunidad tan buena la princesa Katharine Rauch, de ese idílico país de los Alpes? ¿Crees que vas a asistir a bailes de disfraces inspirados en *Las mil y una noches* todos los días? ¿Es eso? Yo no soy Malik.

–Lo sé –dijo ella, sintiendo que se le cerraba la garganta.

De repente él dio otro paso más. El corazón se le aceleró.

–Si crees que la diferencia entre Malik y yo no tiene importancia, entonces es que vives en una estúpida fantasía. La realidad es esta.

Se quedó allí de pie, en silencio...

Estaba hablando de sí mismo, de las cicatrices de aquel ataque que había matado a sus padres y a su hermano, y a muchas personas más que habían acudido a ver el desfile ese día. Todo se había desencadenado a causa de una lucha de poder en un país vecino; una vieja disputa por dinero y tierras. Los labios de Zahir se tensaron, dibujando una sonrisa que más bien parecía una mueca. Un lado de su rostro parecía sonreír, mientras que el otro lado de sus labios caía hacia abajo a causa de una gruesa cicatriz en la comisura.

–¿Es este el hombre al que quieres en tu cama por las noches? ¿Por el resto de tu vida?

Katharine se fijó en sus manos. Eran grandes, fuertes, llenas de cicatrices también... De repente sintió un calor que le subía por dentro, coloreándole las mejillas. Las palabras de Zahir pretendían ser una amenaza, pero en realidad habían sonado como una promesa. Más que repelerla, aquellas palabras la habían fascinado de una forma incomprensible. Él no la asustaba, pero ese sentimiento sí la llenaba de temor. No entendía cómo había ocurrido, pero esas palabras tan sencillas se le habían clavado en el pecho. Cada vez más nerviosa, ahuyentó esos pensamientos tan nocivos. No estaba allí para dejarse intimidar, sino para conseguir lo que necesitaba.

–Hay un acuerdo.

–Fuera –dijo él en un tono hosco.

–No puedo irme. Necesito asegurarme de que este matrimonio se celebre pronto, por el bien de nuestros pueblos. Si tú no eres capaz de verlo, yo...

Él dio otro paso más. Estaba tan cerca ya que Katharine podía sentir el calor que manaba de su cuerpo. Y no solo era calor, sino también rabia, furia... Dolor...

–No necesito compañía –dijo con contundencia.

Ella lo miró a la cara. Aquel rostro tenía una estructura exquisita, debajo de aquella piel dañada. Pómulos altos, una mandíbula cuadrada, una nariz perfecta, piel ligeramente bronceada, luminosa... Un recuerdo del hombre que había sido, pero hermoso de todos modos.

Pero no había nada hermoso en el otro lado de su cara, lleno de crueles cicatrices que enseñaban y anunciaban su dolor. Había algo en sus ojos, no obstante. Eran seductores, casi hipnóticos, rodeados de pestañas gruesas y oscuras, casi negras. Aunque era evidente que estaba ciego de un ojo, aquellos ojos eran increíbles, inteligentes, penetrantes... Le recordaban al hombre que había sido, no a la bestia de la que hablaban... Podía verle a través de ellos. Podía ver a ese hombre, Zahir, al que había conocido antes del ataque, tantos años antes. Apenas había hablado con él en aquella ocasión, pero le recordaba muy bien. Siempre había sido más tranquilo que su hermano. Su rostro era más serio, distante. Todo era hermoso en él, cautivador... Y lo seguía siendo, aunque no de la misma forma.

–No se trata de querer, Zahir –le dijo, llamándole por su nombre de pila–. Se trata de hacer lo correcto. Se trata de honor.

Él la miró durante unos segundos. Su expresión era hermética, pero estaba buscando algo dentro de ella. Katharine podía sentirlo.

–Estás dando por sentado, princesa, que yo tengo honor.

–Sé que lo tienes –le dijo. Era más una esperanza que una certeza.

–Fuera –repitió. Esa vez el tono fue suave y sutil, pero la orden fue igual de poderosa.

El fracaso era una nueva sensación para Katharine. Nunca antes había fracasado. Se había pasado toda la vida teniendo éxito, demostrando que era merecedora del respeto que su hermano recibía gratuitamente. Si alguien le encomendaba una tarea, la llevaba a cabo. No había trazado ningún plan alternativo, por si acaso fallaba su primera opción. Al subirse en el avión privado de su familia esa misma mañana, estaba llena de confianza; tanto así que ya había mandado al piloto de vuelta a Austrich. El fracaso no era una opción, de ninguna manera.

–Muy bien –le dijo en un tono rígido y seco. Dio media vuelta y salió del despacho; los puños apretados.

Él cerró dando un portazo y Katharine se sobresaltó.

«Maldito, maldito, malvado, mala bestia...», pensó para sí.

No había esperado algo así. Evidentemente existía la posibilidad de que él se negara, pero... era ella quien tenía la razón, y desde el principio había dado por sentado que él también lo vería así, que comprendería la situación.

Katharine se quedó en mitad del vestíbulo vacío, de brazos cruzados, tratando de contener el calor que manaba de su cuerpo, incluso estando en el desierto. No sabía muy bien qué hacer, adónde ir... A casa no podía regresar. Además, tampoco sería bien recibida. De repente se oyó el eco de unos pasos por el pasillo, justo detrás de ella. Katharine se dio la vuelta. Una mujer mayor se dirigía hacia ella. La reconoció de inmediato. Había sido la sirvienta personal de la jequesa, y había acompañado a la familia S'ad al Din a Austrich. Trató de recordar su nombre.

–¿Kahlah?

La señora se dio la vuelta. La saludó con una discreta reverencia y una sonrisa cálida. No había sorpresa alguna en su mirada, pero Katharine se imaginaba que las mujeres como ella habían sido entrenadas para no mostrar emociones de ninguna clase. Ella lo sabía mejor que nadie.

–Princesa Katharine, cuánto tiempo. ¿Cómo es que ha venido a Hajar?

–Yo... En realidad, tengo unos negocios que atender por aquí.

La mente de Katharine se puso en marcha. Zahir no la quería allí, pero no iba a volver a casa sin haber conseguido su objetivo.

–Me voy a quedar en el palacio durante toda mi estancia.

–Me alegro mucho, princesa Katharine. No hemos tenido invitados en... Bueno, ha pasado mucho tiempo –los ojos de la señora se llenaron de emoción durante una fracción de segundo.

Katharine estaba segura de que no había habido invitados desde el ataque. Todo en el palacio parecía distinto desde la última vez que había estado allí. Todo parecía más oscuro, más tranquilo. Se oían ecos a cada paso... Aquel lugar parecía desierto, vacío.

–Bueno, en ese caso es todo un honor ser la primera huésped en tanto tiempo –dijo, sintiendo una pequeña punzada de culpabilidad; una muy pequeña–. ¿Podrías enviar a algunos hombres a la entrada? Mi conductor sigue allí y mi equipaje está en el coche. Te agradecería que me alojaras en los mismos aposentos en los que estuve la última vez –le dijo, utilizando su voz más mayestática.

Mentir nunca se le había dado bien. Los ojos la delataban, pero, por suerte, Kahlah no la estaba mirando a la cara. La sirvienta no parecía tenerlas todas consigo, pero Katharine también sabía que no se atrevería a cuestionar su autoridad, por lo menos no delante de ella.

–¿La acompaño a sus aposentos, princesa?

–Si no te importa. Pero no te preocupes por el equipaje. Que me lo traigan todo cuando puedan. No quiero apurar a nadie.

Había metido suficiente ropa en la maleta para una estancia larga. Al salir de casa esa mañana, solo tenía una cosa clara: tenía que conseguir su objetivo, a cualquier precio. Las princesas no podían gobernar y a ella no le había quedado más remedio que resignarse y conformarse con el poco valor que le daban. Llevaba tiempo dedicada a los trabajos sociales, pero lo que se traía entre manos en ese momento era trascendental, importante. Esa era su oportunidad para cambiar las cosas de verdad, para ser algo más que una cara bonita en la realeza.

–Oh, pero no es problema –dijo Kahlah.

–Te lo agradezco mucho –dijo Katharine, retorciendo el anillo de zafiros que llevaba en la mano derecha. Los nervios y la culpa la habían hecho ponerse ansiosa. Bajó las manos. Las princesas no podían permitirse ese lujo. Kahlah la guio con un gesto.

–Por aquí, princesa.

Katharine echó a andar, mirando a su alrededor. No quería encontrarse con la mirada de la empleada. Se dedicó a memorizar lo que la rodeaba, el camino hasta sus aposentos. No había nada parecido al palacio real en la capital de Hajar, Kadim. El lugar era pura opulencia. Todo estaba hecho de mármol, con ribetes de oro, y el suelo era un mosaico de jaspe, jade y obsidiana. Pero no relucía igual que cinco años atrás.

–¿Pero qué demonios pasa aquí? –Zahir prácticamente gruñó al entrar en el atrio del palacio y encontrarse con un desfile de maletas.

Había algunas que eran casi tan grandes como él.

El portero se detuvo de golpe y lo miró, pero no a los ojos. Nunca lo hacían.

–Estamos trayendo las pertenencias de la princesa Katharine, tal y como nos ordenaron, jeque Zahir.

–¿Pero quién lo ordenó?

El hombre se apartó un poco, nervioso.

–La princesa Katharine.

Zahir no le dejó terminar la frase. Dio media vuelta y echó a andar hacia los aposentos de las mujeres. Vio a una sirvienta que salía de uno de los dormitorios. Cerrando la puerta, se escabulló en la dirección opuesta, comportándose como si no le hubiera visto. Probablemente sí que le había visto, pero casi todo el personal le evitaba cuando era posible. Se acercó a la puerta, abrió, y allí estaba ella, de pie en mitad de la estancia. Se había soltado el pelo. Su dorada melena le caía sobre los hombros. Su vestido, azul y sencillo, ceñido en la cintura con un cinturón, no era nada insinuante, pero la forma en que le dibujaba las curvas le volvía loco.

–¿Qué estás haciendo aquí exactamente, *latifa*? –le preguntó. El apelativo «belleza» se le escapó de los labios.

Y era cierto. No podía negarlo. Ella se volvió hacia él. Sus ojos verdes parecían de hielo.

–Me quedo –le dijo, con soberbia.

–Te dije que te fueras.

–De tu despacho.

–Del país. Y sabías muy bien lo que quería decir.

–Me temo que no puedo aceptar eso –dijo. Cruzó los brazos.

Zahir fue hacia ella y entonces la vio retroceder un milímetro. Después de todo, no le era indiferente. Sus rasgos feos y monstruosos la asustaban, por muy segura de sí misma e impasible que quisiera parecer. Pudo oler su perfume, ligero y floral, femenino... Tal y como había ocurrido un momento antes, incluso las sirvientas huían de él. ¿Cuánto tiempo hacía que no estaba tan cerca de una mujer?

–Lo que no se puede aceptar es que aparques tu real trasero donde no eres bienvenida –le espetó, esperando darle un buen susto.

Pero ella apenas arqueó una ceja. Su expresión siguió siendo plácida.

–Me temo que los cumplidos no me hacen mucho efecto.

El temor que había demostrado un momento antes se había esfumado de su rostro. No era de las que se dejaban intimidar fácilmente. El mito del jeque enloquecido y desfigurado, encerrado en su palacio, no iba a funcionar con ella. Y la idea del salvador, casi inmortal, tampoco.

Era hora, por tanto, de sacar a la bestia.

–¿Quieres casarte, Katharine? –le preguntó en un tono feroz–. ¿Quieres ser mi mujer? –se acercó un poco más, deslizó un dedo sobre una de sus mejillas, suave como el pétalo de una flor–. ¿Quieres calentarme la cama y dar a luz a mis hijos?

Katharine se puso roja.

–No.

–Eso pensaba yo.

–No me hace falta. No para lo que quiero.

–¿No necesitas herederos?

Ella lo miró con dureza.

–No de ti. Y si todo sale como espero, no los necesitaré en absoluto.

Él apretó los dientes y trató de no imaginar cómo sería engendrar un heredero con ella.

–¿Por qué?

–Porque si mi padre muere antes de que Alexander alcance la edad legal para gobernar, necesitaré que seas nombrado regente, en lugar de mi primo. Yo soy mujer y no se me permite ocupar el trono. No puedo proteger a mi hermano. Si John termina en el trono, habrá una guerra civil casi con toda seguridad, un golpe de estado quizá... Si se llega a la guerra, el conflicto sin duda afectara a tu país, por lo menos en lo que a comercio se refiere.

–¿Entonces qué me propones exactamente?

–Lo que quieras. Necesito este matrimonio, por mi gente. Seré tu esposa en la cama si quieres, o tu esposa de puertas para afuera. La decisión es tuya. Si te niegas, ambos terminaremos con las manos manchadas de sangre, la sangre de mi pueblo.

Capítulo 2

SANGRE. Ya se había derramado suficiente en el mundo. Y él ya tenía las manos bastante manchadas. Nunca conseguiría quitársela... Pero ya no más.

–Explícate.

Ella respiró hondo.

–Si mi padre muere antes de que Alexander alcance la mayoría de edad, se tiene que nombrar a un regente, que ocupe el trono hasta que mi hermano pueda tomar el poder. Si yo estoy casada, ese puesto será para mi consorte. De lo contrario, será para el pariente varón más cercano. Resulta que si mi pariente varón más cercano obtiene un mínimo de poder, sin duda hará todo lo que esté en su mano para conservarlo. Con él al frente del país, terminaremos en una crisis económica total, o peor, en una guerra civil, y todo para que él se reafirme en el trono. No pienso quedarme de brazos cruzados y ver cómo ocurre delante de mis ojos, no si puedo evitarlo.

Había fuego, pasión, en las palabras de Katharine, algo que él ya no tenía. No solo se preocupaba por su gente, sino que asumía todo el peso de la responsabilidad, tal y como había hecho Malik. Hubiera sido la esposa perfecta para él... Como siempre, pensar en Malik, en su familia, le hizo sentir esa presión en el pecho, le recordó que no tenía derecho a estar allí.

No estaba hecho para dirigir un país, elaborar leyes y mantener el delicado equilibrio entre dos países vecinos. Él era un hombre de acción, aunque pudiera parecer una broma... Su cuerpo, limitado en todos los sentidos, era como el de un extraño, incluso después de cinco años. Era como estar encerrado en una celda de castigo. Pero no había llave, ni puerta.

–Búscate a otro, Katharine. Estoy seguro de que hay muchos hombres con títulos nobiliarios que están dispuestos a luchar hasta la muerte por honor. Yo no soy uno de ellos.

–No se trata de eso. El trato está hecho. Todo está preparado de antemano; el grado de poder que tendrás en Austrich, cuál de nuestros hijos heredará...

Hubo un breve instante durante el que Zahir creyó ver algo vulnerable en sus ojos verdes.

–Tu situación es lamentable –le dijo, apretando la mandíbula–. Para ti –dio media vuelta.

Oyó los tacones de Katharine repiqueteando sobre el suelo.

–Para los dos. Si John se apodera de mi país, lo cambiará todo. Ahora hay mucho comercio entre nuestros respectivos países. Nosotros somos uno de los principales compradores de tu petróleo y tú dependes de nosotros para obtener productos agrícolas, carne, lana... No creo que John se atenga a esos acuerdos comerciales. Es un loco egoísta e inconsciente. Será la ruina de Austrich y hará todo lo que pueda para que su incompetencia cause estragos en Hajar también.

Él se detuvo y se dio la vuelta. El corazón le latía sin control. Durante los años que había pasado al frente del gobierno se había asegurado de crear un país seguro para su gente... Apretó los puños... No quería resolver problemas ajenos. Quería seguir igual que siempre, manteniendo el equilibrio, viviendo solo. Pero tampoco sabía si podría ignorar el asunto totalmente. Una descarga de adrenalina le recorrió por dentro; el instinto del luchador nato, dándole fuerzas, coraje. En otra época había sido un guerrero, en primera línea de batalla.

Podía imaginar cómo sería una guerra civil. Había atisbado el infierno aquel día nefasto.

–Solo de puertas para afuera, ¿y entonces qué?

–Puedes divorciarte en cuanto Alexander cumpla veintiún años.

–¿Y qué pasa con tu primo?

–Está sediento de poder, pero no tiene riqueza suficiente y contactos para causar problemas él solo. Pero si consigue esa clase de poder, empieza una guerra y agita al pueblo, podría declarar el estado de emergencia para perpetuarse en el trono. Eso no puedo consentirlo –dio un paso hacia él, extendió un brazo. Sus dedos se detuvieron a unos milímetros de Zahir. Le tocó con sutileza, apenas rozándole la piel–. Haré todo lo que me pidas.

Zahir sintió que una bola de fuego le subía por dentro. La explosiva reacción de su cuerpo casi le hizo echarse a reír. Si tenía pensado usar sus armas de seducción para convencerle, entonces sin duda tenía todas las de ganar... Pero algo le decía que ella no llegaría hasta el final, y si lo hacía, huiría despavorida tras ver el horror de sus heridas.

La gran princesa Katharine de Austrich saldría huyendo cuando viera al hombre que se escondía detrás de ese autocontrol férreo; un hombre vacío, insensible, dañado, con heridas sangrantes que jamás cicatrizarían, como las que tenía por fuera. No quedaba nada entero en su interior. Lo único que le quedaba era la voluntad de seguir adelante, gobernar su país, hacer lo que su padre hubiera querido que hiciera, lo que su hermano hubiera hecho. Lo demás era demasiado, imposible para él. Katharine se armó de valor. La idea de un matrimonio temporal acababa de ocurrírsele y solo podía esperar que él aceptara. Quedarse en ese lugar con él por el resto de su vida era... una imagen aterradora. El palacio parecía abandonado y su desprecio por ella era más que palpable. Ya casi echaba de menos la fría presencia de su padre. Le retumbaban las sienes... Jamás se había permitido albergar esa pequeña esperanza. Jamás se había permitido pensar que su matrimonio con Zahir pudiera ser un mero papeleo.

–Un contrato matrimonial solamente –dijo él. Su voz sonaba dura.

–Mucho mejor así –dijo ella, intentando que no se le notara el alivio que sentía–. Podemos irnos cada uno por nuestro lado después. Y así preservamos la paz en nuestros respectivos países –empezó a andar de un lado a otro. Tenía que quemar toda esa energía nerviosa–. Y cuando nos separemos, lo haremos de manera amistosa, para que la unión entre Hajar y Austrich siga siendo fuerte.

Zahir volvió la cabeza ligeramente y Katharine se dio cuenta de que así seguía sus movimientos. Había olvidado su problema en la vista...

–Debe parecer muy real –le dijo.

–Por supuesto –dijo ella, inclinando la cabeza–. Si no puede ser una unión por amor, al menos debe parecer un matrimonio permanente, a los ojos de mi padre, de John, de mi hermano. Ninguno de ellos puede saberlo.

Zahir esbozó una media sonrisa.

–Mi gente no puede saberlo.

En ese momento Katharine se dio cuenta de que para

él era una cuestión de orgullo. Sintió una punzada en el pecho... Aquello le costaría mucho; sería muy difícil para un hombre que vivía entre las sombras... Pero no podía echarse atrás. No quería ni pensar en cuáles serían las consecuencias si no llevaba a término su plan.

–Nadie –recalcó.

–Te quedarás aquí.

–¿Qué?

–¿Qué pensabas si no?

–Yo pensaba que... Mi padre está enfermo. Pensaba regresar a casa.

–Ah, ¿y crees que a nadie le parecerá raro, que mi recién estrenada esposa me abandone? –la agarró del brazo, justo por encima del codo.

Sus ojos negros se clavaban en los de ella, abrasándola por dentro y por fuera.

–Nadie lo sabrá.

Ella examinó su rostro un momento. La piel destrozada, la cicatriz que le rompía el labio superior... No era apuesto. Ya no... Pero tenía un magnetismo, una fiereza que resultaba irresistible. Durante una fracción de segundo se sintió tentada de deslizar los dedos sobre su desfigurada mejilla, para sentir el daño por sí misma. Apretó el puño y mantuvo el brazo pegado a la cadera.

–Tiene mi palabra, jeque Zahir.

–Tal y como manda la tradición, te quedarás aquí en el palacio para fortalecer el compromiso –le dijo. El tono de su voz lo delataba. Realmente no la quería allí.

Katharine tragó con dificultad. Era como si un juez acabara de dictar sentencia.

–Me quedaré –dijo, haciendo acopio de toda la fuerza que le quedaba para hablar, en vez de salir huyendo–. Estaba pensando en quedarme de todas formas. Al menos por un tiempo.

–Lo sé. He visto el desfile de maletas.

–Era demasiado importante. No estaba dispuesta a darme por vencida.

–¿Pero por qué es tan importante para ti? ¿Por qué eres tú quien tiene que resolver esto? ¿Es una cuestión de honor? –la miró fijamente.

Katharine se dio cuenta de que sí le estaba exigiendo una respuesta.

–¿Qué harías para ayudar a Malik a conseguir su objetivo, Zahir? Si estuviera vivo, ¿qué harías para ayudarle a cumplir con su destino? ¿Qué harías para protegerle?

Zahir tragó en seco. Apretó los puños, llenos de cicatrices.

–Cualquier cosa. Daria mi vida.

–Igual que yo estoy dando la mía.

Él levantó la cabeza. Le mostró el lado de su rostro que no estaba dañado.

–Eso te honra.

De repente Katharine volvió a ver lo hermoso que era, lo apuesto que había sido. Todavía quedaban vestigios de aquel hombre perfecto; esa mandíbula tan masculina, la piel bronceada, luminosa... Pero no había luz alguna en sus ojos; no había emociones.

–No sé.

–Esa modestia no parece propia de una mujer capaz de irrumpir en el palacio de Hajar y establecerse allí sin permiso.

Por un instante Katharine creyó ver cómo se curvaba la comisura derecha de sus labios, casi esbozando una sonrisa. No podía ser... No tenía sentido.

–Te pido disculpas.

–Hay algo que tienes que entender, *latifa*... El palacio tiene ciertas normas. Yo hago las cosas siguiendo un orden, un horario. Eso no lo puedes interrumpir.

–Es un palacio muy grande. Estoy segura de que podrás evitarme si quieres.

–Bueno, sin duda me sentiré tentado de ello.

–Si vamos a fingir que esto es real, tendrás que empezar a tratarme como si quisieras que esté a tu lado.

Él se inclinó hacia ella, pero Katharine se apartó ligeramente. Su aroma masculino la tentaba, le aceleraba el corazón. Era un olor tan personal... Sándalo mezclado con especias, con un toque almizclado...

–Y tú tendrás que fingir que no te doy asco.

–No me das asco –le dijo con sinceridad–. No voy a mentir y a decirte que me siento perfectamente cómoda contigo, pero para cuando tengamos la fiesta de compromiso...

–No va a haber fiesta de compromiso –la luz que iluminaba sus ojos negros era cegadora.

–Tiene que haberla. Es tradición entre las novias de Austrich...

–Pero estás en Hajar. Estás en mi país, y yo soy tu jeque ahora. Tú lo has querido así. Recuérdalo –dio media vuelta y salió de la habitación, dando un portazo.

Por primera vez desde su llegada a Hajar, Katharine sintió que la situación la superaba.

Capítulo 3

KATHARINE terminó de recogerse el pelo y se miró en el espejo. Estaba pálida, con los ojos rojos, de no dormir. Parecía un muerto viviente. Por suerte, no obstante, a su futuro marido no parecía importarle su aspecto, y a ella tampoco. Solo se trataba de política. El enlace sería beneficioso para ambos, para Hajar y para Austrich. Soltó el aliento y se apartó del espejo. Salió de la habitación... No estaba dispuesta a pasar el día sin hacer nada. Podía llamar a su padre. Había agarrado el móvil unas ocho veces desde que se había levantado de la cama, pero no había tenido el valor de hacerlo. Todavía no. Si lo llamaba, todo se haría realidad demasiado pronto.

Qué gran ironía... Había conseguido su objetivo, pero no quería aceptarlo.

«No es más que una ceremonia y un papel que firmar. Por lo menos, no tienes que quedarte con él para siempre. No tienes que dar a luz a sus hijos», pensó.

Eso sí que hubiera sido muy duro... Echo a andar por el largo pasillo. El eco de sus pasos retumbaba en el techo, alto y con forma de cúpula. Los pasillos eran amplios, llenos de recovecos que iban de un lado a otro del palacio. Pero ella sabía dónde estaban los antiguos aposentos de Malik, en el lado opuesto del palacio. Seguramente el dormitorio de Zahir no andaría lejos de allí. La noche anterior él había tratado de intimidarla, recordándole en qué país estaba, pero ella no se iba a dejar amedrentar tan fácilmente. Se había pasado la vida rodeada de hombres fuertes. Había tenido que soportar a un padre que siempre esperaba lo peor de ella y que nunca le regalaba un halago cuando hacía las cosas bien. Siempre había tenido que demostrar mucha fortaleza, y aunque nunca heredaría el trono de Austrich, sí quería implicarse en la política del país, enfrentarse a los problemas. Nunca había sido de las que evitaban los conflictos, sino de las que daban la cara. Y había llegado el momento de hacerlo.

Miró en un par de habitaciones vacías y en la tercera se encontró con un gimnasio perfectamente equipado. Piscina, todos los aparatos disponibles en el mercado... Y allí estaba él. Acostado boca arriba en un banco bastante amplio, levantando un peso enorme. Katharine cruzó la estancia con paso inseguro, boquiabierta. Todos sus músculos parecían esculpidos en piedra... Piel de oro, en algunos sitios impoluta, en otros marcada por feas cicatrices... Era fascinante, distinto a todos los hombres a los que había conocido... Parpadeó y respiró profundamente.

–¿No se supone que tienes un entrenador personal o algo así?

Él se detuvo en mitad de un movimiento y movió las piernas por encima del banco. Se incorporó rápidamente, marcando abdominales con cada gesto.

–¿Qué estás haciendo aquí?

–He venido a verte.

–¿Y qué te hizo pensar que serías bien recibida?

–En realidad no creí que fuera a ser así –le dijo ella, tratando de mantener la vista fija en sus ojos. Recorrió sus cicatrices con la mirada. Trató de no pensar en ese imponente torso que tenía delante–. De hecho me daba igual.

–Pues no es así –los tendones de su cuello se tensaron.

–No... Yo, bueno, eso es irrelevante ahora mismo... Yo... –Katharine bajó la vista un poco.

–¿Ya has visto suficiente?

Ella volvió a mirarlo a los ojos. Su expresión era fría, críptica. Sus labios dibujaban una media sonrisa.

–Sí –dijo ella, sintiendo el calor en las mejillas.

Él se inclinó y tomó una camiseta blanca del suelo. Los dedos le temblaban un poco... Katharine reparó en un abultado queloide, provocado por el impacto de metralla y por graves quemaduras. Se le hizo un nudo en el estómago. Él se puso la camiseta, terminando así con ese placer insano que amenazaba con robarle hasta la última gota de sensatez.

–He pensado que podrías enseñarme un poco la ciudad –le dijo ella. En realidad no lo había pensado con anterioridad, pero necesitaba decir algo para romper ese incómodo silencio.

–Pues has pensado mal, *latifa.* Tengo trabajo.

–¿Qué clase de trabajo?

–Pues el trabajo que hacen los gobernantes. Seguramente sepas algo de eso.

–Cierto. Sé algo. La familia real tiene que comparecer, dar discursos...

Era una mentira. En realidad ella hacía mucho más; organizaba eventos benéficos, elaboraba presupuestos, recaudaba fondos... Pero eso a él parecía darle igual. Ya se había hecho una idea sobre ella.

–No te veo tan ignorante –le dijo él.

–Gracias por el cumplido.

–Sabía que no me equivocaba.

–Creo que tenemos que revisar el acuerdo original que firmaron nuestros padres y cambiar algunas cosas –dijo ella.

–¿En serio?

–Mejor ahora que después de pronunciar los votos, ¿no?

–¿Siempre eres así? –le preguntó él.

–Sí. A menudo me dicen que soy insoportable. Pero a mí eso me da igual, porque normalmente me salgo con la mía.

Él emitió un sonido que bien podría hacer sido una risotada.

–Supongo que tienes tus métodos para salirte con la tuya, ¿no?

Ella frunció el ceño.

–Si estás sugiriendo lo que creo que estás sugiriendo, déjalo. No uso mi cuerpo para conseguir lo que quiero. Uso mi mente. ¿O es que no sabías que las mujeres somos capaces de ello?

–No estaba hablando de las mujeres en general, sino solo de ti.

–Bueno, pues no me gusta el comentario.

–A menudo me dicen que soy insoportable –dijo él.

–Supongo que no se equivocan.

–Siempre me salgo con la mía –le dijo él, alejándose de ella.

Era tan alto. Sus espaldas eran tan anchas... Así le sería más fácil llevar el peso del mundo... Y lo hacía. Katharine lo sabía muy bien porque ella también tenía esa sensación muchas veces.

–Te prometo que puedes volver a ignorarme... después de repasar el acuerdo. Y después de llevarme a conocer el palacio, porque estoy cansada de perderme.

Él quería que se fuera. Eso estaba claro. Pero ella estaba empeñada en hacer todo lo posible para conseguir su objetivo.

–Voy a darme una ducha y nos vemos en mi despacho –Zahir atravesó el gimnasio y se dirigió hacia la ducha.

–Te veo allí –dijo ella.

Captar indirectas no era su especialidad precisamente. Cuando Zahir entró en el despacho ella ya estaba allí, sentada en una silla junto al escritorio, con la postura perfecta y las piernas cruzadas a la altura del tobillo. No llevaba pantis, algo sorprendente para una mujer de su estatus. Pero en Hajar hacía mucho más calor que en Austrich. Además, todos sus vestidos parecían ser del mismo estilo, cortos y entallados, discretos, pero insinuantes. Casi hubiera preferido verla con una transparencia. Por lo menos así el misterio hubiera quedado resuelto...

De haber sabido que bastaba con la presencia de una mujer para despertar su adormecida libido, hubiera llevado a cualquier otra mucho antes. ¿Pero para qué? ¿Para verla huir espantada?

Como había hecho Amarah... Ni siquiera podía echarle la culpa. Con el tiempo se había convertido en una bestia, pero justo después de los ataques era poco menos que un monstruo. Trató de ahuyentar todas esas imágenes turbadoras del cuerpo de Katharine y se aferró a ese sentimiento de rabia, esa tensión que le agarrotada el estómago cuando ella estaba cerca.

–No me mires así –le dijo ella.

–¿Cómo? –él rodeó el escritorio y se sentó en su silla de cuero.

Era demasiado pequeña para él. La habían hecho para otro hombre. Su hermano. Nunca había pensado en cambiarla por otra, no obstante.

–No me digas que te sorprende verme... Te dije que te vería aquí para discutir el acuerdo, y aquí estoy. Es un asunto complicado. Con todos los problemas de salud que ha tenido mi padre, siempre se ha barajado la posibilidad de tener un regente hasta que Alexander alcance la mayoría de edad. Y eso, por supuesto, se tuvo en cuenta cuando se escogió a Malik para...

–Déjame ver –Zahir extendió la mano, con la palma hacia arriba.

Ella sacó un fajo de documentos y se los puso en la mano. Él los miró por encima. La mayor parte de la información se refería al matrimonio, herederos, alianzas y acuerdos comerciales. Hacia el final, no obstante, había una sección que hablaba de lo que pasaría si el rey moría antes de que su heredero fuera mayor de edad.

–El poder de decisión es tuyo. Yo no lo quiero –le dijo–. Escríbelo –señaló el lugar en el documento.

Ella parpadeó rápidamente y entonces sacudió la cabeza.

–No puedo –dijo, inclinándose adelante–. No sin llevarlo al parlamento. Y necesitaría el consentimiento de mi padre y... Creo que no lo conseguiría.

–¿Está demasiado enfermo para sostener un bolígrafo?

–Él preferiría que tú tuvieras el poder –Katharine se puso roja.

–¿No confía en ti?

Ella respiró hondo y apretó las manos sobre su regazo.

–Bueno, yo soy una mujer.

–No entiendo por qué importa tanto eso. Tienes más agallas que la mayoría de hombres que conozco.

Ella esbozó una especie de sonrisa y Zahir sintió un calor que le subía por dentro, algo muy cercano a una sensación de satisfacción. Hacía tanto tiempo que no experimentaba nada parecido... Ella casi le hacía querer sentir, querer dejarse llevar...

–Es de otra generación –le dijo ella–. No se lo tomo en cuenta.

Zahir se dio cuenta de que eso no era cierto.

–Por lo que a él respecta, mi obligación es casarme con un hombre capaz de ser regente.

Zahir la miró a los ojos. Parecía tan seria, tan decidida... Tan hermosa... El pulso se le aceleró y el calor se propagó por todo su cuerpo.

–Tengo un país propio que dirigir. En el mejor de los casos sería un rey ausente, y en el peor, negligente.

–No serías ni la mitad de negligente que mi primo, ni en el peor de los casos.

–Austrich será responsabilidad tuya, sobre el papel y fuera de él.

–Yo... Gracias –Katharine se miró las manos y fingió fijarse en sus uñas–. Tenemos un parlamento. No es que pueda cambiar leyes, o presupuestos o algo así. El puesto no implica mucho. Pararse en el balcón, saludar a la multitud... Eso es todo lo que hay que hacer.

La multitud... Zahir cerró los ojos y se preparó. Un aluvión de imágenes vertiginosas pasó por delante de sus ojos en una fracción de segundo... Los recuerdos... La multitud... Gritos... Rodeando la caravana de vehículos. Tardaron demasiado en darse cuenta de que habían roto la barricada. La gente que los rodeaba no eran ciudadanos que querían saludar a la familia real... Eso fue todo lo que vio. El ruido era ensordecedor, el humo le ahogaba, el olor a azufre se le pegaba a la nariz, los pulmones le ardían... No podía respirar, ni pensar.

–¿Zahir? –la voz de Katharine irrumpió a través de la niebla.

Él abrió los ojos de nuevo y vio que estaba en su despacho. Katharine, sentada frente a él, lo miraba con atención. Había preocupación en sus ojos verdes. Se había dado cuenta... ¿Qué había hecho? Tenía el puño completamente apretado, apoyado en el escritorio. Sus tendones casi gritaban de dolor.

–No me gustan... –la garganta se le cerró un momento–. Las multitudes –respiró hondo y trató de orientarse de nuevo–. Soy más de radio –añadió con sarcasmo.

Ella volvió a sonreír, pero su expresión era un poco incómoda. No sabía cuál era la respuesta apropiada.

–Puedes reírte. Adelante.

Katharine soltó una risotada discreta.

–Bueno, yo sí comparezco con frecuencia.

–Lo sé. Siempre estás en las noticias. Se habla mucho de tu buen gusto para vestir.

–Claro... aunque a veces me pregunto a quién le importaría el color de mi corbata si fuera un hombre, pero no puedo quejarme. Me gusta que mi país aparezca en las noticias internacionales, aunque solo sea por mis zapatos. El turismo sube.

–¿Hay mucho turismo en Austrich? –Zahir trató de recuperar el autocontrol, buscó ese entumecimiento permanente con el que se sentía tan cómodo.

–Desde hace poco. Llevo unos cinco años trabajando en ello.

Desde la muerte de su hermano, aproximadamente... Si las cosas hubieran ido bien, ella se habría casado con Malik al cumplir veintiún años.

–Tenemos una red de tranvías que llega hasta los Alpes. Las vistas son maravillosas. También he financiado la construcción de varios complejos hoteleros. Hacían falta lugares de vacaciones de lujo y Austrich se ha convertido en el destino favorito de la realeza.

–Y eso se debe a tu campaña personal, ¿no?

–¿Crees que voy a todas esas fiestas por los canapés?

–Eso pensaba. Pero ya no.

Katharine tragó en seco. Parecía que él la entendía. No la veía como a un simple accesorio dentro del aparato burocrático de la realeza.

–Supongo que te sorprenderá saber que hay gente que sí me invita a fiestas, sobre todo porque llevas un par de días intentando echarme.

–Ya te he dado mi palabra, Katharine. No voy a echarme atrás ahora. Tienes mi palabra, mi protección, y tu país también. No las doy así como así –apretó el puño.

Katharine se preguntó si lo iba a estampar contra la mesa, tal y como había hecho antes.

Había sido extraño... como si no pudiera verla, como si estuviera en otro lugar. Y entonces había vuelto de repente. Había visto el cambio en él. Y le había dado miedo...

–Este acuerdo –Zahir prosiguió–. Era lo que a mi padre le pareció más conveniente para Hajar, lo que a Malik le pareció bien. ¿Quién soy yo para poner objeciones?

–Entonces supongo que es hora de llamar a mi familia para darle la buena noticia.

Zahir la miró un momento. Esos ojos negros la taladraron un instante.

–¿Por qué haces esto exactamente, Katharine? ¿Por honor? ¿Solo por el bien de tu gente?

–Sí. Por eso, y porque es la luz al final del túnel.

Por un instante no dio crédito a lo que acababa de decir, porque era algo que siempre le costaba mucho reconocer. Le daba miedo admitir que esa vida llena de deberes inanes la hacía infeliz.

–¿Cómo?

–Cuando termine nuestro matrimonio... Alexander será rey. Y yo seré... Yo siempre sentiré una obligación para con mi pueblo. Seré leal a mi familia. Siempre trabajaré por el bien de mi país, pero... Eso ya no será lo único.

A lo mejor entonces lograba librarse de ese sentimiento; esa sensación que la carcomía por dentro... La sensación de no estar haciendo suficiente. Él se limitó a mirarla fijamente. Su expresión era impenetrable.

–¿Y qué pasa contigo? –le preguntó ella–. ¿También tienes una luz que buscar?

Zahir apretó los puños.

–Me alegro de que veas una luz, Katharine... Para mí solo hay oscuridad –bajó la vista y miró hacia la pantalla del ordenador–. Bueno, ahora que lo tenemos todo arreglado, tengo trabajo que hacer.

Capítulo 4

A KATHARINE no le gustaba sentirse inútil, sin nada que hacer. En Austrich nunca se sentía así. Sus días estaban repletos de compromisos. Tenía que revisar el presupuesto para las donaciones, asistir a reuniones del comité. Pasaba tiempo como voluntaria en el hospital más grande del país... No tenía tiempo de estar sola, pero eso no le suponía ningún problema. Así se sentía útil.

Sin embargo, en Hajar no había nada que hacer; o más bien en el palacio. Al final se cansaba de tanto leer y los ojos terminaban picándole. Además, hacía demasiado calor a mediodía como para hacer algo en el jardín. Había salido por la mañana, para cortar unas flores y rellenar los jarrones que había visto al llegar, pero la temperatura había subido vertiginosamente a medida que avanzaba el día y a esa hora lo único que podía hacer era vagar por los interminables corredores, frescos gracias a las gruesas paredes de piedra y al sistema de aire acondicionado que habían instalado.

Ella estaba acostumbrada a un clima mucho más frío, al aire fresco de las montañas, no al vapor que le abrasaba los pulmones como una llamarada de fuego con cada respiración. Esa era otra parte del trato que no habían revisado... Todo era tan distinto. Ella empezaba a sentirse distinta.

De repente se oyó el ruido de algo que se rompía con violencia. Alguien masculló un juramento a gritos.

Katharine aceleró el paso, corriendo por los laberínticos pasillos, buscando a Zahir. No tardó en encontrarlo, parado delante de una inmensa mesa de piedra que estaba situada contra la pared. Uno de los jarrones que había rellenado con flores esa mañana estaba en suelo, hecho añicos. Las flores no parecían haber sobrevivido. Él levantó la vista. Sus ojos negros estaban llenos de rabia.

–¿Has sido tú?

–¿A qué te refieres? ¿Que si estropeé las flores?

–¿Metiste tú las flores aquí?

–Sí. Las puse en tres jarrones que estaban vacíos. Aquí, en mi habitación, y en la entrada. ¿Es que merezco que me encierren en las mazmorras por ello?

Él caminó por encima del jarrón roto. Las duras suelas de sus zapatos hicieron polvo los fragmentos de cerámica. La cadencia de sus pasos era irregular. Cojeaba más de lo habitual.

–No cambies nada sin mi permiso –le dijo lentamente. Su voz no era más que un susurro, mortífero–. No tienes derecho a hacerlo.

Un hilo de miedo recorrió a Katharine por dentro, y después vino la oleada de rabia. Se puso en pie y apoyó las manos en las caderas.

–No seas tan...

–¿Bestia? –le dijo él, casi con un gruñido.

–Iba a decir «imbécil», pero cualquiera de las dos cosas me sirve. A lo mejor a ti te da igual vivir en este oscuro palacio, pero a mí no. Ahora yo también vivo aquí, con tu real consentimiento, y esta va a ser mi casa hasta que termine nuestro acuerdo. No te voy a pedir permiso para hacer cambios en mi propia casa.

–No es tu casa, *latifa.* No te equivoques.

–¿Pero qué pasa aquí? ¿Es la testosterona o qué? ¿Me he metido en tu territorio, lobo solitario?

La rabia la controlaba, la hacía temeraria. El corazón se le salía del pecho.

–No te burles de mí.

–Entonces no te comportes de una forma tan... ridícula.

–No lo entiendes. Si mueves cosas...

–Yo no he movido nada que...

–Has movido esto –golpeó la superficie de la mesa con la palma de la mano.

–¿Y?

–¡Y yo me he tropezado! –gritó, furioso.

Sus palabras retumbaron en el desangelado corredor. De repente Katharine lo entendió todo y todas las palabras que tenía en la boca se esfumaron. Él levantó la mano de la mesa y ella se dio cuenta de que estaba sangrando. Las dos manos le sangraban.

–¿Qué...?

–No te acerques.

–Zahir...

Él tragó en seco.

–Yo sé dónde está todo en mi casa. No tendría que preocuparme de que me cambien las cosas de sitio.

Katharine se sintió mal, avergonzada. Podía imaginarse lo que le había pasado. Había salido de su habitación, había girado a la izquierda y, como no podía ver bien con el ojo izquierdo...

–Lo siento. Tus manos... –casi se ahogó con sus propias palabras. Zahir se había caído sobre los cristales después de darse contra el jarrón y tirarlo al suelo. ¿Y si se había dado en la cabeza?

–No muevas nada –le dijo él. Un temblor resquebrajaba su voz. Sus ojos eran fieros.

Ella trató de hablar de nuevo. Quería ofrecerle algún tipo de disculpa, pero él dio media vuelta y la dejó allí parada, sola en el pasillo, llena de remordimientos. No había sido precisamente la mejor manera de empezar el día. Lo mejor que podía hacer era ir tras él. Pero no quería. Quería hacerse un ovillo y esconderse de su propia inutilidad. Tomando el aliento, se inclinó y recogió las flores con cuidado. Se sentía mareada, derrotada. Era igual que esa mujer idiota por la que su padre la tomaba. Durante una fracción de segundo llegó a creer que no podía hacer nada bien, que no podría conseguir sus objetivos.

«No. Tienes que hacerlo. Lo harás».

–Lo siento –susurró para sí, con un nudo en la garganta.

Él no quería sus disculpas. Eso lo sabía muy bien. Y también sabía que ver expuestas sus limitaciones era la peor pesadilla para un hombre como él. Su orgullo se había llevado un duro golpe.

Katharine era consciente de haber provocado un problema. Había cometido un error y tenía que hacer todo lo posible para arreglarlo.

Zahir se quitó la rabia y la humillación en la piscina. Por lo menos en el agua sus movimientos eran suaves, fluidos. Sabía muy bien cuántos largos le hacían falta para llegar al otro extremo. No había cojera alguna, su visión era irrelevante. Se detuvo y se aferró al borde de la piscina, mascullando un juramento feroz. La palma de la mano le escocía allí donde le habían cortado los cristales. Pero el dolor era bienvenido. El dolor físico no era nada.

Había sobrevivido a él muchas veces, más que cualquier otro hombre. Pero hacer el ridículo... Ver expuesta su debilidad... Eso sí que era un duro golpe. Y todo por culpa de ella. Levantó la vista, vio sus delicados tobillos, sus piernas perfectas... Si hubiera estado más cerca del borde de la piscina, habría podido ver mucho más.

–¿Qué quieres, *latifa*?

Apretó la mandíbula, los dientes... Había dejado la toalla en el gimnasio, y ella estaba allí, mirándolo... La primera vez no había salido huyendo, pero tampoco quería enseñarle esas horribles cicatrices por segunda vez. No era por vanidad, sino porque se avergonzaba de ellas. Le recordaban, todos los días, de todas las formas posibles, que era mucho menos de lo que había sido. No debía estar allí. La culpa del superviviente... Eso le había dicho el primer médico. Ponerle nombre no cambiaba las cosas, no obstante... ¿Cómo se suponía que tenía que sentirse? ¿Debía olvidarlo todo? ¿Seguir adelante? Pero si lo olvidaba todo, ¿quién se acordaría?

–¿Qué quiere decir eso? –le preguntó ella.

Él puso las palmas de las manos sobre el duro cemento que rodeaba la piscina. Disfrutando del dolor lacerante, salió del agua con un movimiento rápido y ágil. En cuanto apoyó los pies, esa sensación desapareció. Los ojos de ella estaban fijos en su pecho y él sentía la necesidad de cubrirse, esconderse... Una respuesta débil, extraña... No tenía por qué preocuparle lo que ella pensara de su cuerpo, de las cicatrices que le marcaban, de la enorme hendidura que mostraba la pérdida de músculo y fuerza en su muslo. Se quedó allí de pie, durante unos segundos, desafiándola, retándola a apartar la vista. Pero ella no lo hizo, para no perder la costumbre. Nunca hacía lo que él esperaba, así que... ¿Por qué iba a empezar en ese momento?

Tomó una toalla negra del colgador más cercano. Se secó el pecho y luego la espalda. Ella le observó todo el tiempo, y él sintió cómo respondía su propio cuerpo bajo esa mirada. Había pasado tanto tiempo desde la última vez que había sentido las manos de una mujer sobre la piel, desde la última vez que una mujer le había mirado como a un hombre... Nadie, excepto su fisioterapeuta, le había visto desnudo desde el ataque. Amarah le había visto cuando aún tenía las heridas abiertas, cuando aún había esperanza. Pero aquello había sido demasiado para ella... Quizá si solo hubieran sido heridas físicas... Si no le hubieran arrebatado el alma... Había hecho bien en salir huyendo tan pronto. De no haber sido así, habría terminado arrastrándola a ella también a ese pozo profundo.

–Significa «belleza» –le dijo, echando a un lado la toalla y cruzando los brazos sobre el pecho.

Ella se sorprendió al oír la traducción.

–Oh. Bueno, pensaba que significaba otra cosa... Fastidio o algo parecido.

Zahir sintió que una risotada estaba a punto de escapársele de los labios.

–No exactamente.

Katharine esbozó una dulce sonrisa y eso fue suficiente para derribar los muros que él había levantado entre ellos. Ella se sentía atraída por su cuerpo de hombre, como cualquier mujer... Un hombre completo... Por un momento se sintió como tal. Pero entonces sintió un dolor agudo en el muslo y recordó que no era verdad. Katharine se marchitaría a su lado. Le robaría la vida, de la misma forma que el desierto se la robaba a una rosa.

–Oh, no. Eso es de la mesa, ¿no? –preguntó ella, haciendo una mueca.

–¿Qué?

–El cardenal que tienes en la pierna y... –fue hacia él. Él retrocedió–. Tus manos.

–¿Qué?

Ella dio otro paso.

–Déjame ver –le agarró una de las manos y le examinó la palma, deslizando la yema del dedo sobre una de las heridas–. ¿Te duele?

Zahir se preguntó por qué querría tocar a un hombre muerto... Ella, que estaba llena de vida.

–No –le dijo, retirando la mano. Su tacto sutil le quemaba–. He soportado dolores peores. Esto no es nada.

–Hace un rato tampoco era nada.

–Estaba furioso.

–Lo sé. Conmigo. Y mis flores tuvieron una muerte cruel por ello. No es que te eche la culpa. Lo hice sin pensar y... Lo siento. Lo siento mucho.

Él levantó una mano.

–¿Esto? Se me pasará rápido –estaba frente a ella, desafiante, retándola a mirar hacia otro lado.

Pero ella no podía hacerlo. Él la tenía cautiva.

Al final fue él el primero en darse la vuelta.

–¿Qué quieres?

–Tengo... Quiero que cenes conmigo –le dijo ella, vacilante, mostrando cierto nerviosismo–. Le he pedido al chef que prepare tu comida favorita. Y la mía. Pensé que podríamos... Llegar a conocernos mejor.

Eso era lo último que él quería. Sus vidas tenían que permanecer separadas. Necesitaba mantener el control, el orden.

–¿Cuánto dinero nos vamos a ahorrar al año con los acuerdos comerciales del matrimonio?

Un destello de confusión brilló en los ojos de Katharine.

–Diez mil millones, por lo menos.

Zahir eligió cuidadosamente las palabras. Las diseñó para mantener la distancia, para causarle tanta repulsión como debería haber sentido desde el principio.

–Eso es todo lo que necesito saber de ti.

Ella lo miró un momento, con los ojos chispeantes de rabia, los brazos cruzados sobre el pecho.

–Allí estaré. En el comedor en media hora.

Zahir se maldijo a sí mismo mientras se abotonaba la camisa, caminando hacia el comedor por el laberinto de corredores. ¿Qué le había pasado a su rutina diaria? ¿Y la distancia que iba a mantener? Volvió a mascullar un juramento. Él rara vez comía en el comedor para celebraciones, a menos que estuviera obligado a entretener a algún mandatario. Y en esos casos hacía todo lo posible por enviar a un consejero en su lugar...No era precisamente el mejor representante para Hajar. No se le daba bien la diplomacia, ni tampoco la negociación. Era un estratega, un planificador. Había construido la economía de una nación encerrado en el despacho de su padre, pero asistir a reuniones no era para él. No era la persona adecuada para manejar las cosas en persona. Solo tenía que recordar la cara de Katharine cuando había golpeado la mesa con la palma de la mano. La había asustado y, por alguna razón, eso le afectaba, le irritaba, aunque no supiera por qué. De pronto la vio, sentada a la mesa con ese vestido rojo de seda hasta las rodillas. Sintió algo en su interior nada más verla, pero decidió que no podía permitirse ni un solo momento más de debilidad. Atravesó el arco de la entrada y accedió al área del comedor. La mesa era baja y tenía cojines alrededor. Katharine presidía, con las piernas cruzadas y una expresión neutral en el rostro. Su plato estaba vacío, aunque hubiera mucha comida sobre la mesa. Zahir se inclinó al otro lado.

–Siento haber llegado tarde.

–No. No lo sientes. Has llegado tarde a propósito.

–No. Estoy aquí por accidente.

–¿Y eso qué quiere decir? –le preguntó, riéndose.

–Que no iba a venir.

–Entiendo.

Ella se puso en pie, tomó su plato en la mano y caminó hacia el otro lado de la mesa hasta detenerse delante de él. Estaba lo bastante cerca como para poder tocarla, para palpar esas piernas tan largas. De repente vio una imagen en la mente y se preparó para lo inevitable. No era una imagen de caos y violencia. Era una instantánea de sí mismo, agarrándola de la pantorrilla y dándole un beso en el muslo, deslizando la lengua sobre su piel hasta... Apretó los dientes y tiró de las riendas de su imaginación. Ella se sentó a su lado. Al rozarle el brazo levemente, rompió en mil pedazos la fantasía.

–No me he sentado al otro lado de la sala.

–¿Por qué no? La mayoría de la gente lo haría –Zahir tomó una bandeja de la mesa. Puso higos, carne y queso en el plato de Katharine y se sirvió lo mismo.

–Yo no soy como la mayoría de la gente.

–Sí. Ya lo veo.

Ella siempre lo miraba a los ojos. Siempre lo miraba directamente. Nadie hacía eso, ni siquiera los empleados que estaban en la casa desde antes de los ataques, aunque de esos quedaban muy pocos. No habían soportado quedarse. Les daba demasiado miedo. Amarah ni siquiera era capaz de mirarlo a la cara. Lo había intentado. Se había puesto su anillo. Iba a ser su esposa. Había dicho que lo amaba. Y había tratado de asumir la pesada carga de preocuparse por él. Por aquella época él estaba en otro mundo, ni en el presente ni en el pasado. No estaba seguro de lo que había pasado. A veces lo tenía claro y toda la escena se repetía en su mente a cámara lenta, con una nitidez dolorosa, de principio a fin, como una película que no podía parar. Amarah no había sido capaz de soportarlo, sin embargo. No había podido con los cambios que habían sufrido su cuerpo y su mente. Si la mujer a la que amaba, la mujer que lo amaba, no había podido quedarse... no había podido hacerle frente... No era de extrañar que nadie más pudiera. Al fin y al cabo, casi se alegraba de que nadie lo hubiera intentado. No tenía sentido arrastrarles a ese infierno personal en el que vivía.

–Este es mi favorito –dijo ella, agarrando una bandeja–. Evidentemente, no es como el que me hacía mi madre, pero nuestro chef parece haberse acercado bastante. Arroz con nueces. No es que sea la cena típica, pero... A mí me encanta.

–Lo probaré –Zahir levantó el plato y ella le sirvió una ración.

Era la primera vez que comía así. La situación resultaba extrañamente íntima... Servirle, que ella le sirviera...

–Supongo que tu madre no cocinaba ella misma, ¿no?

Con solo oír mencionar a su madre, siempre tan hermosa y serena, con su traje largo y lleno de pedrería, Zahir sintió una presión en el pecho.

–No. Pero se le daba bien delegar.

Katharine se rio, más contenta ya.

–Oh, a mí también. En ningún momento he dicho que haya cocinado todo esto yo sola –hizo una pausa y ladeó la cabeza. Una melena brillante y dorada le cayó sobre el hombro–. A lo mejor un día llego a cocinar.

–¿Cuando alcances la luz que está al final del túnel?

–Sí. A lo mejor entonces. Voy a mudarme del palacio. Tradicionalmente, una princesa soltera seguiría viviendo allí, bajo la protección de su familia, pero supongo que una divorciada puede hacer lo que quiera.

–¿Supones?

–Nadie de mi familia se ha divorciado jamás.

–¿Nadie?

Ella sacudió la cabeza.

–No. Voy a ser la única.

–Estoy seguro de que ya lo eres.

–A lo mejor demasiado, para desesperación de mi padre.

–¿Y no te preocupa cómo van a recibir la noticia?

–Mi madre murió cuando yo tenía diez años. Mi padre ya no estará dentro de poco... –su voz estaba cargada de dolor–. Solo quedará Alexander y a él le da igual lo que yo haga. Ya sabes cómo son los hermanos pequeños.

Y era cierto. Él era uno de ellos. Se había pasado la vida admirando a Malik, respetándole. Nunca le había envidiado su posición. Nunca había querido ser él. ¿Cómo había llegado a eso? ¿Cómo había entrado así en la vida de su difunto hermano? Incluso se iba a casar con su prometida... El pensamiento le marcó como un trozo de hierro al rojo vivo. Nada encajaba en su vida. Nada era suyo. Todo le recordaba, una y otra vez, que había sido el hombre equivocado el que había sobrevivido. Debería haber sido Malik el que se sentara junto a Katharine esa noche. Debería haber sido su hermano el que gobernara el país, tal y como dictaban las leyes.

–Lo sé.

–A él todo le parecerá bien... Se alegrará por mí, supongo.

–¿Siempre has odiado el papel que te ha tocado?

Ella se quedó en silencio unos segundos.

–Siempre he aceptado que me tengo que casar con alguien por el bien de mi país. Cuando conocí a Malik, tuve una buena sensación. Sentí que estaba haciendo lo correcto. Era un buen hombre y la alianza entre los dos países iba a ser muy beneficiosa para todos.

–¿Y cuando murió?

–Se me rompió el corazón.

Katharine bajó la vista. Era la verdad. La forma en que se había enterado de lo de los ataques... Era como si le hubiera pasado a su propia familia. Lamentaba profundamente la pérdida dc toda la familia S'ad al Din. Había llorado por ellos y por el que había quedado.

No amaba a Malik, pero eso no significaba que su muerte le fuera indiferente. Era un hombre bueno, alguien que hubiera hecho lo mejor para su país y también para Austrich.

–No sabía que sentías algo tan fuerte por él –dijo Zahir. Sus ojos negros se cerraron.

–Sentía algo bueno respecto al acuerdo. Es por eso que he luchado tanto por ello. Era lo correcto.

–Y como yo te doy una salida, estás más que dispuesta a aceptarla.

Katharine sintió el calor de la vergüenza en las mejillas.

–Sí –dijo.

Sus palabras no fueron más que un susurro.

–¿Qué ha cambiado ahora? –le preguntó él.

–La idea de que quizá podría llegar a tener algo más, algo mejor, distinto.

Zahir apretó la mandíbula.

–Y mientras tanto, te conviertes en un sacrificio humano.

–¿No lo hemos hecho los dos?

–Cierto. Sé por qué haces lo que haces. ¿Sabes por qué soy el jeque de Hajar? ¿Sabes por qué le cedí el trono a un pariente lejano? –le preguntó, con la voz tomada por la emoción–. Porque yo soy el único que queda dispuesto a luchar. Y si tengo que luchar por mi gente desde mi despacho, lo haré hasta el último segundo de mi vida. Porque solo quedo yo.

Katharine sintió que el corazón se le encogía en el pecho. El impulso que le llevó a tocarlo fue casi un acto reflejo. Cubrió su mano con la suya propia. Él se sobresaltó, pero no retrocedió. Continuó mirándola durante unos segundos. No hablaba. Solo la miraba. Pero la expresión de sus ojos se hizo más intensa y centrada a medida que pasaban los segundos. Bajó la mirada y contempló sus manos unidas.

–Siento lo de antes –le dijo ella. Su voz no era más que un susurro.

Él guardó silencio un momento.

–Y yo.

Apartó la mano de la de él, pero siguió sintiendo su calor en los dedos.

–Hoy hablé con mi padre y con mi hermano.

–¿Y?

–Mi padre está encantado, claro. Bueno, a su manera. Y... Alexander realmente no sabe de qué se trata. Yo no quiero que sepa nada. No le haría ninguna gracia saber que hago todo esto por él. Solo tiene dieciséis años y no lo entendería. Y ninguno de los dos sabe que esto es... temporal.

–Entiendo. ¿Cuándo entendiste que te casarías con un hombre al que elegiría tu padre?

Ella se rio suavemente. El recuerdo de aquel día estaba encerrado en el rincón más oscuro y recóndito de su mente.

–Tendría unos doce años. El tema salió durante la cena. Mi madre había muerto un par de años antes y Alexander no andaba todavía. Mi padre mencionó que había empezado a buscar... Creo que usó las palabras «pretendientes adecuados». Me quedé consternada.

–No me extraña.

–Tenía pósteres de mi cantante favorito en la pared y soñaba con casarme con él. De alguna forma pensaba que una estrella del rock pasaría el casting –dijo, sonriente.

–Ya me lo imagino –él sonrió.

–¿Y qué me dices de ti?

–Malik fue quien tuvo que pensar en los matrimonios de conveniencia más ventajosos.

–Ya. Se suponía que el más ventajoso era el mío.

Él contempló su copa de vino un momento.

–Yo me iba a casar por amor.

–Todavía puedes. Después de lo nuestro –Katharine sintió un nudo en el estómago.

–Creo que no. Ya no creo en ello. Y aunque creyera, sé que ya no puedo sentirlo –se puso en pie. Sus movimientos eran bruscos, torpes–. Gracias por la cena.

–Gracias al chef –dijo ella, intentando reprimir la tristeza que le había sobrevenido.

–Ya se las daré –inclinó la cabeza, dio media vuelta y se marchó.

Capítulo 5

KATHARINE llevaba poco más de una semana en Hajar, pero el palacio ya se le caía encima. Sentía la necesidad de salir y conocer el país. Por lo menos quería ver algo más, algo que no fueran las paredes del palacio, por muy hermoso que fuera. Había oído que Kadim, la capital, tenía unos centros comerciales fantásticos, pero hasta ese momento no había visto más que el aeropuerto y la casa de Zahir. Ya era hora de salir. Había hablado con Kahlah esa mañana y le había pedido seguridad para salir de compras. Una hora más tarde iba de camino a la ciudad... No había hablado con Zahir, pero él no estaba ni en el gimnasio ni en su despacho, y tampoco le había facilitado otra forma de contactar con él. Ya empezaba a preguntarse si alguna vez salía del palacio... Era como un prisionero, y sin embargo, era él mismo quien se había impuesto esa sentencia de por vida. Katharine estaba segura de ello; podía sentirlo. Había una oscura energía en él que bullía bajo la superficie; una energía que él reprimía, al igual que contenía muchas otras cosas más. Podía ver el horizonte de la ciudad más allá de la autopista. Los modernos rascacielos ofrecían un elegante e inesperado contraste con la vieja Kadim, que aún se divisaba en primer plano. Los edificios estaban hechos de piedra y las estrechas callejuelas estaban flanqueadas por hileras de puestos que constituían auténticos mercados al aire libre.

Aquel lugar tenía un encanto especial, totalmente sorprendente en las inmediaciones de la rutilante ciudad moderna que se extendía más allá. Katharine sintió una extraña llamada. Había algo en aquel lugar que la fascinaba.

Cuando el coche pasó por delante de uno de los mercados, se acercó a la ventanilla para ver mejor. Estaba abarrotado de gente. Las señoras corrían de un lado a otro, haciendo recados, y los turistas paseaban, haciendo compras y disfrutando del día soleado.

–Me gustaría parar aquí un momento, si no le importa.

Los dos hombres que iban delante se miraron y asintieron con la cabeza. El conductor se detuvo y aparcó en la plaza más próxima. El equipo de seguridad se bajó antes. La discreción no era su fuerte precisamente. Le abrieron la puerta de atrás.

–Gracias –dijo ella.

Flanqueada por los dos guardaespaldas, se abrió camino hacia el epicentro del mercado.

–Pueden ir detrás de mí –les dijo–. Un poquito.

Cuando salía de compras en Europa, siempre llevaba seguridad, pero su presencia no era tan evidente. Respiró hondo. El olor a carne y a especias se mezclaba con el polvo, produciendo una curiosa combinación que le provocaba picor en la garganta. Había mucho ruido; gente hablando, riendo, cantando...

–Voy por aquí –dijo.

Los imponentes guardaespaldas la siguieron sin decir nada. La expresión de sus rostros era poco menos que estoica. La multitud era tupida y la gente pasaba a toda prisa por su lado; algunos casi se tropezaban. Era extraño pensar que ese iba a ser su hogar durante varios años. Era tan distinto a todo aquello a lo que ella estaba acostumbrada. Observó con atención mientras una mujer recogía a un niño del suelo; el pequeño lloraba y gritaba sin parar. Todo era distinto, pero igual al mismo tiempo. Sonrió y se volvió hacia uno de los puestos. Tocó uno de los collares brillantes que estaba fijado con un clavo a una base forrada en terciopelo.

–¿Pero qué es esto? –la voz de Zahir cortó el ruido del mercado como un cuchillo.

Ella soltó el collar.

–Soy yo... Yendo de compras. ¿Cómo supiste dónde estaba?

–Kahlah me lo dijo. Desde luego tú no me dijiste nada. ¿Por qué no me dijiste adónde ibas?

La gente se estaba parando para mirar. Miraban a Zahir, boquiabiertos. Hasta donde ella sabía, nunca hacía apariciones en público. Desde el ataque, además, se habían publicado muy pocas fotos de él en los medios, y ninguna de cerca. La gente, no obstante, lo reconocía muy bien. Todos sabían quién era. Y estaba claro que algunos estaban impresionados, mientras que otros estaban horrorizados, asustados. Había tantos que le creían un demonio... Una bestia... Pero todo eso parecía traerle sin cuidado a Zahir. Sus ojos estaban fijos en ella.

–Esto no es seguro –la agarró del brazo.

–Tengo guardaespaldas.

–Yo también –le gritó, cada vez más furioso–. Todos teníamos seguridad. Pero no sirvió de nada.

–Zahir...

Katharine sintió que la presión de sus dedos se intensificaba. Cada vez había más gente a su alrededor, gente que había pasado por su lado como si fuera invisible tan solo un rato antes. Pero las cosas habían cambiado de repente. Zahir estaba a su lado. Él guardó silencio un momento. Su rostro parecía de piedra. Ella volvió a ver esa mirada distante y triste en sus ojos, como si no la viera, como si no viera lo que estaba pasando a su alrededor. Sus pupilas se habían convertido en pozos sin fondo. Era como un animal cazado, acorralado, lleno de miedo y rabia. Y fue entonces cuando Katharine se dio cuenta de que por fin la veía. La veía, pero no como la había visto aquel día en su despacho. Algo iba mal. Estaba en otro lugar, en otro tiempo, atrapado en sí mismo. Tiró de ella y se la llevó lejos de la multitud, hacia uno de los ruinosos edificios de ladrillo que estaban tras los puestos. Ella se tropezó, pero él la sujetó con fuerza. Rodearon una esquina y entraron en una estrecha callejuela. La acorraló contra la pared; su enorme cuerpo era como un escudo... ¿De qué tenía que protegerla? Katharine no lo sabía. Tenía las manos apoyadas sobre el ladrillo a ambos lados de su cabeza. Casi la aplastaba con el pecho... Trataba de protegerla... Su respiración era entrecortada, irregular. Con cada bocanada de aire su cuerpo vibraba, retumbaba. Estaba rígido de tensión. Todos sus músculos estaban en estado de alerta.

–Zahir.

Él no se movió. Siguió allí, de pie, apoyado contra ella... Una barrera humana contra cualquier peligro... Ella levantó una mano y la puso sobre su pecho, sintió cómo le latía el corazón, sintió su dolor, su miedo... Estaba dentro de ella, apretándole el corazón, asfixiándola... Era horrible. No podía ni imaginarse cómo sería estar dentro de él. Deslizó la mano hacia arriba y le agarró del cuello. Él levantó la cabeza; sus ojos negros brillaban con locura. Apoyó la mano en su mejilla. Su piel era áspera bajo las yemas de los dedos.

–Todo está bien. Estamos en el mercado.

Él se estremeció. Sus ojos se cerraron un momento y entonces los abrió de nuevo. Ella levantó la otra mano, la apoyó sobre el lado bueno de su rostro. Lo miró a los ojos.

–Zahir...

Él tragó con dificultad y ella le sintió temblar. Los músculos se le movían con espasmos.

–Katharine.

Se apartó de ella. Katharine sintió un gran alivio al ver que la multitud se había dispersado, probablemente gracias a Taj y a Ahmed... Sin duda debían de tener un estilo de lo más persuasorio.

–Estoy bien –le dijo a Zahir.

–Métete en el coche –dijo él, en tensión.

Ella asintió una vez y echó a andar. Mantenía la cabeza baja, ignorando las miradas y las conversaciones en una lengua que no conocía.

–No –dijo él–. Súbete a mi coche.

Katharine se dio la vuelta y se encontró con un elegante coche negro, igual al otro.

–Tú no viniste conduciendo, ¿no? Porque no deberías.

Él le lanzó una mirada fulminante.

–Ya no conduzco. Creo que el motivo es bastante obvio.

Abrió la puerta y ella subió sin más dilación. Él rodeó el capó y subió por el otro lado. El conductor salió a la calle y dio la vuelta para dirigirse al palacio. El corazón de Katharine latía con fuerza. Las manos le temblaban. La descarga de adrenalina que le había provocado la situación, la cercanía de Zahir, era demasiado. Un silencio tenso se cernió sobre ellos. Katharine esperó todo lo que pudo antes de hacer todas esas preguntas que se arremolinaban en su cabeza.

–¿Con qué frecuencia te pasa?

Él se volvió hacia ella.

–Mucho menos que antes –le dijo.

–Te pasó en tu despacho, la semana pasada.

Él se mesó el cabello. Las manos aún le temblaban ligeramente. Katharine quiso apartar la vista, pero no pudo. Quería dejarle recuperar el orgullo; quería dejarle recuperar lo que había perdido en ese momento de debilidad. Pero no podía.

–No fue para tanto.

No quería hablar de ello. Katharine se daba cuenta... Pero tenía que preguntarle. Tenía que saberlo.

–¿Tienes... recuerdos...? –le preguntó, en un tono tentativo.

–Es la multitud –dijo él. Su voz sonaba tensa–. Vi... Pensé que estabas en peligro –cerró el puño–. No estoy loco.

–Lo sé... Nunca lo he creído –recordó ese momento... sus ojos, su rostro, el miedo...

Para él había sido real. Para él no había sido una exageración...

–Entiendo que aún no lo has superado. Ha sido... muy duro para ti. Yo... he trabajado como voluntaria en muchos hospitales de Austrich, y he visto a gente que ha sufrido... accidentes. Lo que te pasa es bastante común entre la gente que ha pasado por algo como lo que has pasado tú.

Él se volvió hacia la ventanilla. Se dedicó a contemplar el paisaje.

–Probablemente... Me dieron medicación para dormir. Eso es todo.

–No te la tomas, ¿verdad?

–Ya me conoces mejor que mis médicos –dijo, soltando una risotada.

–¿Y duermes?

–No –esbozó una amarga sonrisa.

–A lo mejor deberías...

–No. Tomar drogas que me alivien. Me cansan. ¿Con eso qué arreglo? Nada. Eso solo enmascara el problema. Otra cosa que controlar cuando... Cuando debería... No quiero esto. No quiero que me afecte –dijo en un tono seco y duro.

Ella quería ofrecerle consuelo. Quería tocarlo, y sin embargo, también sabía que él la rechazaría.

–Pero te afecta.

–Va mejorando.

–Yo no he visto mucha mejoría hace un rato.

Él resopló.

–Sí que va mejorando. Deberías haberme visto antes. Pregúntale a Amarah cómo estaba.

Katharine sintió una opresión en el pecho. Estuvo a punto de no hacerle la pregunta.

–¿Quién es Amarah?

–Era mi prometida. Estaba allí cuando me desperté, junto a mi cama. Aguantó cinco minutos antes de salir corriendo. Volvió. Claro. Lo intentó, durante dos días. Trató de lidiar conmigo. Trató de ayudar a los médicos. Pero yo me quedaba... Me quedaba en blanco. O tenía algún flashback y entonces... era impredecible.

Katharine se tocó el vientre y trató de calmar la oleada de náuseas que la recorría por dentro.

–¿Le hiciste daño?

Él sacudió la cabeza.

–Nunca. Trataba de protegerla, pero... ¿Te sentiste segura hace un rato? –se rio con amargura.

Katharine no tenía duda de que podría llegar a dar mucho miedo en esas circunstancias, pero ella sentía miedo por él, no de él. Desde el momento en que la había acorralado contra la pared había sabido que solo trataba de protegerla, interponiéndose entre ella y el peligro que imaginaba. Solo quería cuidar de ella.

–Sí. Me he sentido segura contigo –le dijo, diciendo la verdad.

Él tragó con dificultad.

–Bueno, ella no. Y no puedo culparla por ello. No le hice daño ninguna vez. Pero perdí demasiado la cabeza. ¿Y si hubiera pasado a mi lado alguna noche? ¿Y si a mí me hubiera dado por pensar que estábamos rodeados de enemigos? ¿Qué le habría hecho entonces? Amarah fue inteligente y se marchó.

Katharine tampoco quería hacer la siguiente pregunta.

–¿La echas de menos?

–No siento nada por ella –Zahir volvió a mirarla. Su expresión era estoica.

Observando su expresión sincera, Katharine se dio cuenta de que era cierto. Le había dicho que ya no era capaz de sentir amor. Y tampoco parecía lamentar la pérdida del mismo.

–No te vayas de nuevo. No sin decírmelo.

–Trataré de mantenerte al tanto de todo, pero no podía encontrarte. Y no soy tu prisionera. De todos modos, Kahlah lo sabía, y llevaba seguridad conmigo. Sé que eso no es garantía de nada, no del todo, pero era lo único que podía hacer. Y estoy acostumbrada a moverme libremente.

–Y ahora todo el país lo sabrá.

–Que te preocupaba mi seguridad. Nada más. La verdad queda entre nosotros. Aunque creo que si la gente lo supiera... Creo que lo entenderían.

–Algunos... Pero aquí... hay una mezcla de ideas nuevas y viejas. Los que viven en tribus, los beduinos, no estarían de acuerdo... Ya hay rumores entre los más tradicionales de que no fue Zahir quien sobrevivió a los ataques, sino el demonio, que ha poseído su cuerpo. Estoy seguro de que mucha de la gente que estaba en el mercado lo cree. O por lo menos creen que su jeque está loco, que mi posición como líder refleja cierta... debilidad.

–Entonces vamos a demostrarles lo contrario.

–Katharine...

–¿Por qué no, Zahir? ¿Por qué no? Vas a tener que ocuparte del tema de la boda.

–Podré hacerlo –dijo él en un tono decidido–. No soy un niño.

–Sé que no lo eres. No dudo de tu fuerza. No he dudado ni por un momento y es por eso que sé que puedes superar esto, plantarle cara.

–¿Crees que no lo he intentado?

–Estás solo. Tu solución siempre ha sido ignorarlo, y hoy hemos descubierto que eso no funciona.

–Ha funcionado. Funcionaba antes de que tú llegaras.

–Pero ahora yo estoy aquí.

–Sí. Aquí estás.

–¿Qué pasó ese día, Zahir?

Él se puso tenso. Los tendones de su cuello se pusieron tirantes como las cuerdas de una guitarra.

–Lee las noticias de aquel día.

–He leído mucho sobre ello. Fui al funeral de tu familia, pero quiero que tú me lo cuentes.

Él sacudió la cabeza.

–No recuerdo mucho y no puedo... No puedo recordarlo sin verlo. Es así de simple. Lo veo como si estuviera pasando de nuevo. No puedo recordarlo sin más. Tengo que vivirlo de nuevo. Una y otra vez.

–Muy bien –dijo Katharine–. No tienes que contármelo. Pero sí podemos intentar solucionar el tema de salir a la calle.

–He salido. Voy a los eventos que forman parte de mis obligaciones.

Zahir luchó contra la rabia creciente que lo llenaba por dentro, que amenazaba con ahogarlo. Que lo vieran de esa forma... Era una debilidad totalmente inaceptable. En momentos como ese, se odiaba a sí mismo. Sentía desprecio por el hombre en el que se había convertido.

Se avergonzaba de que ella lo viera así, en su momento más vulnerable.

–Pero la boda será mucho más que eso y... tenemos que ir a Austrich. Nos tienen que bendecir oficialmente en la iglesia ortodoxa. Si no es así, no estaremos oficialmente casados a los ojos de la gente. Lo manda la tradición y mi padre me ha recordado que era parte del acuerdo original.

Zahir guardó silencio. Nadie se había atrevido jamás a desafiarlo... nadie excepto ella. Su orgullo no le permitía rechazarla, y tampoco le permitía pararse delante de una multitud y perder la cabeza de esa manera.

Las instantáneas de aquel fatídico día eran como pesadillas. Su subconsciente tomaba el control y le obligaba a observar lo que ya había vivido. Todavía seguía allí, pero las imágenes que desfilaban por su mente, los recuerdos, le hacían sentir lo que había sentido aquel día. El agrio sabor del pánico en la boca... la sensación de impotencia...

–Es la multitud –le dijo. Odiaba hablar del tema, pero era mejor que dejarla pensar que estaba loco de verdad–. Es lo último que recuerdo de ese día. Íbamos en el coche, por la ciudad. Había un desfile, una fiesta nacional. Había tanta gente... De repente me di cuenta de que había una multitud alrededor del coche. Pensé que solo eran ciudadanos, pero... Siempre hay una barrera. Para cuando me di cuenta...

Tuvo que parar. No podía seguir relatando aquella historia.

–No podrías haber hecho otra cosa –le dijo ella.

Eran las típicas palabras de consuelo. Lo que le habían dicho todos los médicos, los consejeros... Que ella se lo dijera no lo hacía más creíble.

–Podría haber muerto yo en su lugar. Malik podría haber vivido. Habría sido mejor así.

Capítulo 6

KATHARINE dejó marchar a Zahir. El corazón se le encogía con solo pensar en ese momento, cuando le había visto tan perdido, tan asustado. La había protegido; su instinto le había llevado a salvarla, a pesar del miedo.

«Podría haber muerto yo en su lugar».

Se dirigió hacia su dormitorio. Sus pasos retumbaban en los solitarios corredores. Era tarde y los empleados ya se habían marchado. Siempre era ella la que iba en su busca... Abrió la puerta del gimnasio. Estaba vacío. Entró. Deslizó los dedos de una mano sobre uno de los aparatos. Tenía un cuerpo fuerte. Se esforzaba mucho para estar así. No quería mostrar debilidad alguna.

Había un pasillo corto que comunicaba el gimnasio con su habitación. Tampoco estaba allí... Había pocas cosas en su dormitorio. La cama estaba en un rincón y, aparte de un armario y algún mueble más, estaba casi vacío. Había una barra horizontal cerca de la puerta que daba al patio.

Katharine miró hacia la cama. Las almohadas estaban a un lado. La manta y las sábanas estaban revueltas. Había estado allí. Y no había sido capaz de dormir. Le había dicho que no podía dormir...Volvió a sentir esa opresión en el pecho. Se inclinó sobre la cama, puso las mantas en su sitio y recolocó las almohadas. Necesitaba algo que hacer para mantenerse ocupada mientras decidía qué paso dar a continuación. Era su forma de poner algo de orden en aquel extraño puzle.

–¿Qué estás haciendo?

Katharine se volvió bruscamente. Zahir estaba en el umbral, desnudo de cintura para arriba y sudoroso bajo la luz de la luna.

–Solo vine a...

–No puedes dejarme solo, ¿verdad, Katharine? –le dijo en un tono desesperado.

–¿Y cómo voy a hacerlo después de lo que me dijiste? –le preguntó ella. Las sienes le palpitaban. Sentía mareos.

–Es muy fácil. Déjame en paz, al igual que ha hecho todo el mundo durante los últimos cinco años. Accedí a ese matrimonio sobre el papel porque quería ignorarte todo lo posible –le dijo, casi con un gruñido. Apenas podía contener la ira.

–¿Y por qué aceptaste entonces?

–Porque es lo mejor para mi gente. Puede que no sea capaz de estar en una multitud, pero eso no me exime de mis responsabilidades.

–Siento lo de hoy.

Él entró en la habitación.

–Sientes lo de hoy, sientes lo de la mesa. ¿Es por eso que estás aquí? ¿Para demostrarme lo mucho que lo sientes?

La agarró de la cintura y tiró de ella. Se inclinó y deslizó los labios sobre su cuello. Katharine sintió que las piernas empezaban a temblarle, no de miedo, sino de otra cosa. Era pura atracción... el mismo sentimiento que la había asaltado nada más entrar en su despacho.

Incluso en ese momento... sabiéndose el objetivo de tanta rabia, no podía evitar sentir esa vibración especial que había entre ellos. Era tan poderosa.

–¿Has venido para decirme lo mucho que lo sientes con ese precioso cuerpo tuyo? –le dijo en un susurro.

Sus labios le rozaron el lóbulo de la oreja levemente. Había un ligero temblor en sus dedos.

–Qué apropiado. El sacrificio de una virgen para apaciguar a la bestia –tensó la mano y estiró los dedos sobre su cintura. Con el pulgar casi le rozaba la parte de abajo del pecho.

Katharine se quedó sin aire. Quería que la soltara, pero también quería que la apretara contra su cuerpo. Él se quedó así, no obstante. Podía sentir su rostro muy cerca. Su aliento le rozaba la mejilla, caliente e íntimo. De repente sintió una caricia a lo largo de la mandíbula. El gesto fue tan sutil, nada que ver con la rabia que desprendía su cuerpo... Pero cuando lo miraba a los ojos veía algo más. Deseo, tan primario y auténtico que casi podía palparlo...

Él bajó el brazo y retrocedió bruscamente.

–No necesito tu compasión –le dijo, dando otro paso atrás.

Katharine sintió una ira creciente, frustración, impotencia...

–No tienes mi compasión –le dijo en un tono tirante–. Siento lo que le pasó a tu familia. Siento que hayas tenido que pasar por ello. Ningún hombre, ninguna mujer, nadie debería tener que pasar por lo que tú has pasado. Pero ahora mismo te estás comportando como un idiota. Y un hombre que se comporta como un idiota porque cree que se puede salir con la suya no me da ninguna pena. Nos vamos a casar dentro de dos meses. Yo estoy dispuesta a colaborar. Pero, elijas lo que elijas, tienes que encontrar la forma de civilizarte. Y los recuerdos no tienen nada que ver con eso –dio media vuelta y abandonó la estancia. Sus tacones sonaban con contundencia sobre el suelo de mármol.

Una ola de arrepentimiento se apoderó de Zahir. Apretó los dientes para contener la rabia y la excitación, casi dolorosa en ese momento. Habían pasado cinco años durante los que no había sentido ni el más mínimo impulso sexual. Nada. Pero Katharine lo había devuelto a la vida nada más entrar en su despacho por primera vez. Tenía que controlar esos sentimientos. No tenía otra opción.

–¿Y qué propones que hagamos? –le preguntó él, entrando en el patio, a la mañana siguiente.

Katharine ya estaba allí, con el pelo recogido en un pulcro moño. La taza de café se detuvo a medio camino entre la mesa y su boca. Levantó la vista y lo miró. Dejó la taza sobre la mesa.

–¿Perdona?

–¿Qué quieres que hagamos para terminar con esos flashbacks? Parecía que ayer tenías una idea.

–Y tú parecías estar a punto de echarme del palacio.

–Eso fue anoche.

–¿Y entonces no tiene importancia?

Él agitó la mano, restándole importancia a sus palabras.

–Ya no.

Trataba de superarlo. Quería dejar atrás ese arrebato de lujuria, y la rabia que llevaba consigo. Estaba listo para luchar, como el guerrero que era; el guerrero que se había disfrazado de rey durante los cinco años anteriores. El control no era suficiente. Tenía que pasar a la acción, enfrentarse a los obstáculos y acabar con ellos.

–Sí que importa. Porque me importa a mí. Yo no soy tu enemiga, Zahir. Ya te has ocupado de tus enemigos, ¿no?

Él asintió. Esos recuerdos sí que estaban claros. Los

hombres que habían arrojado granadas bajo la caravana de su familia habían sido castigados con todo el peso de la ley.

–Yo no soy uno de ellos. Yo no lucho contra ti. Estoy luchando por mi país, por el tuyo. Por mi hermano. Y necesito a un hombre que sea capaz de ser el regente de Austrich.

–Yo soy capaz. Más que capaz. ¿No has visto cómo ha progresado Hajar desde que yo estoy al frente del gobierno?

–Claro que lo he visto. Llevo tiempo... –miró hacia otro lado–. Llevo tiempo sabiendo que tendría que casarme contigo, y he seguido todos tus pasos.

–Pero siempre evitabas verme.

–No es que tengas fama de ser un hombre encantador y alegre precisamente.

–Entiendo.

–Y yo ignoraba esta parte de mi trabajo.

–¿Trabajo?

–¿No consideras que ser jeque es un trabajo?

–Sí. Bastante exigente, por cierto. Papeleos que nunca terminan, y trivialidades que me llevan mucho tiempo.

–Y es lo mismo para mí, aunque mis responsabilidades sean distintas. El matrimonio siempre estuvo incluido en las funciones a desempeñar; un matrimonio para consolidar alianzas, por lo menos, o por las razones por las que nos casamos nosotros.

–¿Pero tú lo ignorabas?

–Sí. Cuando se pospuso, yo lo acepté sin más y aguanté todo el tiempo que pude. A decir verdad, lo pospuse tanto porque estaba esperando a que hubiera algún tipo de crisis. No lo hice bien.

–Por lo menos lo hiciste al final. Espera... En realidad fue la crisis la que te hizo decidirte por mí.

–¿Lo fue?

–El comercio es una cosa. Es algo beneficioso, claro, y es importante. Pero yo no podía condenar a tu país a una guerra civil, a más derramamiento de sangre. No podía soportar la idea de volver a tener las manos manchadas de sangre –cerró los puños mientras hablaba–. Casi podía sentir esas manchas. Debería haber sido capaz de pararlo. Por lo menos debería haber protegido a mi hermano.

–No tienes las manos manchadas de sangre, Zahir. Yo no soy tu enemiga. Y tú tampoco eres mi enemigo.

–Ya basta –dijo él, zanjando la discusión.

–Vuelvo a la razón inicial por la que estoy aquí. ¿Cómo piensas prepararme para la boda?

–Tengo unas cuantas ideas –dijo él.

Ella lo miró. Zahir contempló sus ojos verdes, tan dulces y profundos.

–Saldremos de esto. Vamos a seguir luchando.

–¿Listo? –Katharine miró a Zahir.

Su perfil, poderoso y masculino, no dejaba lugar a dudas. Los hombres como él siempre estaban listos. Su orgullo no les permitía otra cosa.

–Sí.

Pero eso no le decía nada, porque ella ya sabía cuál iba a ser su respuesta.

–Bien.

El conductor arrancó el coche y salió del palacio, dirigiéndose hacia el centro de la ciudad.

–No es que no viaje nunca –le dijo él.

–Lo sé. Y también sé que evitas pasar cerca de sitios como el mercado, donde la gente se puede aglutinar alrededor del coche.

–No tengo miedo –dijo él. Sus palabras sonaron breves, cortantes.

–Nunca he dicho que lo tuvieras.

–Pero lo piensas. No tengo nada que temer. Me he enfrentado a la muerte y, si viene de nuevo por mí, lucharé contra ella, y si no puedo, la recibiré con valentía. Lo que no me gusta es que se apoderen de mi mente, no tener control sobre lo que veo, sobre lo que hago. Prefiero enfrentarme a la muerte en ese caso –todo su cuerpo estaba tenso; sus músculos agarrotados–. Ya sabes cómo es... Tener que invertir tanta energía en mantener a los demonios a raya, no tener ni un momento de paz. Vuelvo a vivirlo a diario. No hasta ese punto, como en el mercado, pero al final siempre es lo mismo.

Ella tragó con dificultad.

–¿Por qué?

–Tengo... tengo que recordarlo –dijo él, con la voz ronca.

–No, Zahir. No tienes que hacerlo.

–Todo el mundo está muerto, Katharine. Malik, mi madre, mi padre, los guardias, que estaban allí para protegernos. ¿Cómo voy a dejarlo atrás? ¿Debería superarlo? Ellos nunca podrán. Están muertos.

El dolor que impregnaba sus palabras era lacerante, abrasador. De repente, Katharine lo entendió todo. Él llevaba consigo el recuerdo de los últimos momentos de su familia porque pensaba que no hacerlo le restaba importancia a la tragedia. Lo entendía, y quería compartir el peso de ese dolor con él, aliviarle la carga.

–Ellos no están, pero tú sí. Y yo te necesito. Tu gente te necesita. Y es por eso que lograrás superarlo todo.

Él se miró las palmas de las manos.

–Yo pensaba que lo había superado –apartó la vista–. No. Sabía que no lo había superado. Pero pensaba que lo tenía controlado. Los dos flashbacks que tuve desde que llegaste han sido los únicos que he tenido en más de un año.

Ella trató de forzar una sonrisa.

–Entonces... se trata de mí.

–Haces que sea muy difícil concentrarse –le dijo él, clavándole la mirada–. Eso es cierto. Y sin embargo... –volvió a rehuir su mirada–. Tu voz... Tu cara... Me trajeron de vuelta.

Una emoción incontenible surgió dentro de Katharine.

–Bien. Partiremos de ahí –apoyó la mano sobre el asiento, entre ellos–. Agárrate a mí si sientes que va a ocurrir.

Él bajó la vista hacia su mano, arqueó una ceja... Su expresión era pura testarudez masculina.

–Lograré bloquear esos recuerdos.

–Si fuera tan sencillo, entonces lo harías siempre.

La expresión de Zahir era casi fiera.

–Debería ser así de sencillo. Yo debería ser más fuerte.

–¿Deberías ser más fuerte? ¿Deberías poder soportar todo este peso y superarlo al mismo tiempo? ¿Cómo ibas a ser más fuerte, Zahir? Sobreviviste. Y no solo eso. Tu padre y Malik estarían orgullosos de ti si pudieran ver lo que estás haciendo con tu país.

–Ellos estaban hechos para esta vida. Nacieron para ello. Hombres diplomáticos, hombres de su gente –se rio con amargura y frialdad–. Los dos sabemos que yo no soy muy diplomático, por así decir.

–Te preocupas por tu gente. Que no pases la vida exhibiéndote por ahí no quiere decir que no te importen. Que no sea tan fácil para ti no quiere decir que no lo puedas hacer tan bien como Malik.

–¿Por qué quieres curarme, *latifa*?

Ahí estaba de nuevo. Belleza. La frase completa estaba llena de falsedad, pero Katharine se aferró a esa única palabra. Le habían dicho cosas bonitas muchas veces, sobre todo la prensa. Pero esos eran los mismos medios que más tarde la criticaban si se atrevía a llevar una tonalidad de amarillo que no fuera bien con su tono de piel. Su padre también usaba la palabra, pero en los labios de Zahir sonaba de otra manera. Algo pasaba en su interior cuando la oía; un cosquilleo que se le extendía por el cuerpo, asentándosele en el estómago.

Parpadeó y levantó la vista hacia él. Lo miró a los ojos.

–Yo... Porque tengo que hacerlo. La boda. Tenemos que mostrar fortaleza.

Sus palabras sonaron torpes, pero enérgicas. No sabía qué más decir. Siempre había trabajado por el bien de su país; había atendido a los militares en los hospitales como voluntaria...

El coche giró, tomando una ruta que pasaba por las zonas más pobladas y que llevaba al centro de la ciudad. Katharine sintió que Zahir se ponía tenso a su lado. Extendió una mano y le rozó los dedos. Quizá sus palabras no habían sido las más acertadas, pero el contacto físico era lo correcto. Y él lo aceptaba. La calle se estrechó. Se llenó de vehículos y viandantes a medida que se acercaban al mercado. El tráfico se hizo muy lento. Katharine podía sentir la ansiedad de Zahir a medida que la multitud se cerraba alrededor del coche, pasando por su lado para poder cruzar la calle.

–Mírame –dijo ella.

Él se volvió. Tenía la frente cubierta de sudor, y la mandíbula contraída.

–Mírame –le dijo ella–. Estoy aquí. Y tú también.

Él acercó la mano hasta rodear la de ella por completo. Le rozó los nudillos con el pulgar. Se la apretó con fuerza, aflojó y entonces volvió a apretar. Katharine sintió una opresión en el pecho. Viéndole luchar así sentía que había una fuerza escondida dentro de él. Estaba librando una batalla contra sus propios demonios.

–Realmente no sé lo que estoy haciendo –dijo ella suavemente.

–Pues sigue haciéndolo –dijo él, apretando los dientes–. Porque parece funcionar.

Ella sintió que se le cerraba la garganta. Estaba molesta. Le molestaba que él tuviera que lidiar con todo aquello. Estaba furiosa. Sufría porque alguien le había hecho eso, y no sabía qué tipo de ayuda ofrecerle.

–¿Qué hiciste anoche? –le preguntó ella.

Él soltó el aliento. Relajó la expresión un poco.

–Pillé a una intrusa en mi habitación.

Katharine sonrió.

–Antes de eso.

–Iba a caballo. Ella ve lo que yo no puedo ver. Y aunque ya existen coches que hacen lo mismo, no es igual.

–No. No podría serlo. Los animales tienen una intuición que las máquinas no tienen. A mí también me gusta montar a caballo –tomó el aliento–. Me gustaría salir contigo, a montar, quiero decir.

Él asintió con la cabeza.

–Por la tarde, cuando no haga tanto calor.

–Me gustaría.

Estaban pasando por el centro de la ciudad, atravesando la multitud. Zahir se relajó un poco. Apartó la mano y la puso sobre el regazo.

–¿Estás listo para volver? –le preguntó ella, preguntándose si era suficiente por un día.

–Estoy bien –dijo él.

Y ella supo que lo decía de verdad.

Capítulo 7

ZAHIR se detuvo en el umbral de la biblioteca. Katharine estaba allí, sentada junto al hogar. Un resplandor dorado bañaba las páginas del libro que sostenía, y también su piel de marfil. El fuego no era necesario realmente, pero ella lo había encendido para dar un poco de ambiente. Era esa clase de persona, de las que disfrutaban de los pequeños detalles, de las cosas sencillas, como poner flores en un jarrón. Cuando no resultaba irritante, esa característica suya le sorprendía, le hacía anhelar algo que no creía poder encontrar por sí mismo. Le hacía sentir que tenía que apartarse de ella, volver a aquel lugar donde no podía sentir nada. Pero en realidad no quería hacerlo.

–Ven a montar conmigo.

Ella levantó la vista, esbozó una sonrisa.

–Me encantaría –se puso en pie y dejó el libro sobre la mesa que estaba a su lado. Sonrió.

Muy poca gente le sonreía. Pero Katharine no era como los demás.

–No puedes ir con eso –le dijo, mirando el vestido de verano que se había puesto.

Solía ir vestida de esa manera y Zahir no tenía quejas al respecto. Así podía mirarle las piernas todo el día.

–Voy a cambiarme –dijo ella y echó a andar.

Cuando pasó por su lado, Zahir no pudo evitar fijarse en el suave meneo de sus caderas a cada paso. Un deseo repentino y casi violento se apoderó de él.

La deseaba con locura...

–Un momento –dijo ella, entrando en la habitación y cerrando la puerta tras de sí.

Él apoyó la palma de la mano, todavía dolorida después del incidente del florero, sobre la fría madera de la puerta, nada que ver con la piel suave y cálida de una mujer. Había pasado tanto tiempo desde la última vez que había tocado la piel de una mujer... Pero antes que obligarla a estar con él, pasaría el resto de su vida viviendo como un monje. Todavía le quedaba algo de orgullo, tanto como le permitían esas horribles heridas. Apretó el puño... No estaba dispuesto a aprovecharse de ella. No iba a meterla en su cama con argucias...

Pero se sentía tentado... tanto así que casi temblaba de deseo.

–Lista –ella abrió la puerta de repente y salió con unos leggings color crema y una chaqueta color verde olivo. Era como la versión de pasarela de un traje de amazonas, entallado, elegante y llamativo.

–Por aquí –le dijo Zahir. Echó a andar hacia la parte de atrás del palacio, para salir por el acceso más próximo a los establos.

Le miró la mano y se sintió tentado de tomársela, tal y como había hecho el día anterior. En ese momento ella había sido su apoyo, le había salvado de caer una vez más en ese abismo de recuerdos terribles. Apretó la mano y resistió el impulso. La dejó que fuera tras él sin más.

–Todavía no he salido a los establos. No quería... No sabía si tenía permiso.

–Pero mi habitación te parece un buen sitio para pasar la tarde.

–Bueno, te estaba buscando. Y... sé que he cometido algunos errores, Zahir.

–Los errores ya estaban de antes, Katharine –le dijo él, forzando las palabras–. ¿Por qué haces eso?

–¿El qué?

–Aunque estés muy segura de ti misma, parece que siempre asumes más culpa de la que te corresponde.

–Yo solo... Quiero ayudar –dijo ella.

–¿Eso es todo?

Ella guardó silencio entonces. No tenía ninguna respuesta ingeniosa para ese comentario. Por primera vez, Zahir sintió pena por ella. Estaba haciendo lo correcto, lo que sentía que tenía que hacer, y sin embargo, aún tenía la sensación de estar esperando algo, esa luz... ese momento en que por fin sería libre, de todo, de él.

–A lo mejor lo ves en mí porque tú tienes la misma tendencia.

–Yo me he ganado a pulso toda la culpa que tengo.

–No –dijo ella–. No es así. La culpa es de otros, Zahir. La culpa es de los hombres que atacaron a tu familia. ¿Y todo para qué?

–Por dinero. Poder.

–Pero a ti te dan igual esas cosas. No te importan en absoluto, y no entiendo por qué piensas que tienes culpa en esto.

–Porque yo soy el único que queda. Debo de haber cometido un pecado muy grande para merecer esto.

–O a lo mejor fuiste afortunado.

–Eso es lo último que se me ocurriría pensar, *latifa*.

Abrió la puerta que daba al exterior y recibió la caricia de la fresca brisa de la tarde. En momentos como ese se sentía normal, vivo... El resto del tiempo simplemente no sentía nada, o de lo contrario sentía una enorme culpa que le paralizaba. Los caballos, un bayo y otro negro, esperaban justo delante del establo, amarrados a la verja. Zahir fue hacia el más grande y le acarició la nariz. Los caballos no le tenían miedo.

–Esta es Lilah. Puedes montar en ella. Es muy buena.

–Te agradezco la consideración, pero no me hace falta que sean buenos.

Él guardó silencio. La frase estaba cargada de dobles sentidos.

–Muy bien –le dijo sin más.

–¿Y cómo se llama el tuyo? –le preguntó ella.

Él puso el pie en el estribo y se subió al caballo rápidamente.

–A Nalah no le gusta que la confundan con un chico.

–Lo siento. Pensé que... –montó encima de Lilah–. Un hombre tan fuerte y grande como tú cabalgaría a un semental.

–Oh, no, definitivamente no. No creo que fuéramos a llevarnos muy bien, ¿no crees?

Ella se rio y sus carcajadas retumbaron por el prado. Él sintió que una sonrisa le tiraba de las comisuras de los labios. Era una sensación tan extraña; hablar con otra persona de esa manera, libre de miedo, incertidumbre... Un orgullo repentino creció en su interior de repente, mezclándose con el calor que corría por sus venas. La había hecho sonreír.

–Mmm... Ya veo que no te falta ego.

–Te reto a una carrera hasta ese último palo de la verja, el que está junto a esas rocas. Y si me ganas, conseguirás hacer mella en ese orgullo mío.

Katharine sonrió de oreja a oreja y golpeó los flancos de Lilah con los talones. Zahir no tenía prisa. Podía ir detrás de ella todo el tiempo y adelantarla en el último momento. No podía conducir, ni caminar sin cojear, pero las cosas eran distintas sobre el lomo de un caballo. La arena vibraba bajo las herraduras de Nalah. El sonido retumbaba en su cuerpo, en su alma. Le hacía sentir entero, completo, aliviado de alguna manera. El sol se escondió detrás de una de las montañas bajas que dibujaban el horizonte de Hajar. Todo quedó cubierto por un manto purpúreo.

Todavía podía ver bien a Katharine, no obstante. Sus tobillos y su rostro pálido eran visibles en la penumbra. Tenía un aspecto tan delicado... Pero nada podía estar más lejos de la realidad. Era pura fuerza.

La adelantó en el último segundo con facilidad. Ella masculló un juramento y se detuvo justo detrás de él. Tenía el pelo alborotado alrededor de la cara, respiraba con dificultad y se reía al mismo tiempo.

–Oh, sabías lo que ibas a hacer, ¿verdad?

–Claro que sí –le dijo él.

Bajó de Nalah. Al retomar el contacto con el suelo, hizo una mueca de dolor. La arena era más fina allí y el terreno era más rocoso. Katharine bajó también y se sacudió el cabello, desprendiendo una suave fragancia a vainilla.

–Muy bien. En casa te hubiera hecho lo mismo.

–Hablando de eso, quiero enseñarte algo.

Condujo a Nalah hasta el poste más cercano y la amarró allí. Katharine hizo lo mismo y fue tras él.

–Muy bien. Te sigo.

–Por aquí.

Le siguió hasta las rocas que parecían colocadas allí a propósito. Todo era llano y desierto a su alrededor. Había un pequeño espacio entre las piedras, lo bastante grande para permitir el paso de dos personas.

–¿Qué es esto? –le preguntó ella, contemplando el verdor que la rodeaba.

Las rocas se curvaban hacia dentro y daban algo de sombra. Un pequeño manantial bajaba por las paredes naturales.

–Amal, el oasis de la esperanza. Eso fue lo que atrajo a mi gente a Kadim. Hajar es todo llano y es difícil refugiarse de los elementos. Llevaban semanas caminando por el desierto, y encontraron este lugar. Había agua. Podían refugiarse del sol.

–Y había un palacio, y una ciudad –le dijo ella, terminando la frase.

–La ciudad estaba primero. Pero este siempre ha sido un lugar especial para mi familia. Malik y yo solíamos venir aquí cuando éramos niños. Era un lugar en el que podíamos jugar, escapar del calor.

Katharine podía imaginárselos. Dos niños sin preocupaciones, con ganas de divertirse...

–Las cosas debían de ser mucho más sencillas entonces.

Él se encogió de hombros.

–Sí y no. Yo siempre lo supe. Siempre supe que Malik tenía un peso muy grande que llevar. Siempre me alegré de no tener que ser yo quien lo llevara –se rio. El eco de su risa retumbó en el espacio cerrado–. Me pregunto... –bajó la vista un momento y entonces volvió a mirarla–. Me pregunto si es por eso que solo soy yo el que queda. Una jugarreta del destino. Yo siempre me sentí muy contento con el lote que me había tocado. Me sentía tan feliz de que fuera mi hermano quien tuviera que llevar el peso de la responsabilidad del liderazgo –se aclaró la garganta–. Yo era militar. Debería haberlo visto venir. Debería haberlo sabido.

Ella le tocó el antebrazo.

–¿Qué deberías haber sabido?

–Debería haberme anticipado a los acontecimientos.

He visto guerras. Normalmente... siento las cosas, tengo intuición. Ese día, no vi nada. Estaba ciego. Todos lo estábamos. Pero yo era el único que no tenía excusa. Tendría que haberme dado cuenta.

–No podrías haberlo sabido, Zahir.

–Lo sé –dijo él con dureza–. Lo sé –repitió en un tono más suave–. Pero a veces pienso que debería haber sido capaz de pararlo todo.

–No. Los únicos que podrían haberlo impedido fueron los que lo hicieron. Podrían haber dado media vuelta ese día. Pero no lo hicieron.

–Y todo por la sed de poder. Idiotas. El poder es un sentimiento vacío.

–No si sabes cómo usarlo.

–Pocos lo saben. El poder, la sed de poder... Ese es el motivo por el que estás aquí y no en casa. Ese es el motivo por el que tienes que proteger a Alexander. Tienes que protegerle de la gente que haría cualquier cosa por quitarle el poder.

–Entonces son los que no lo quieren los que hacen las mejores cosas con él. Y será por eso que tú eres un líder tan bueno, Zahir.

–¿Y qué me dices de ti, princesa Katharine?

Ella arqueó una ceja.

–¿Qué me dices de ti y de toda esa responsabilidad que te has echado a la espalda? ¿Es tu deber responsabilizarte de todos?

–Sí. A lo mejor. No sé qué otra cosa hacer. A diferencia de ti, yo sí que siento la llamada del deber. Y sin embargo, no puedo gobernar. Nunca podré. Tengo que... hacer algo. Encontrar una forma para... que reconozcan mi trabajo. Y si tengo que responsabilizarme de todo para conseguirlo, lo haré. Seré yo quien lo arregle todo.

Él la miró durante unos segundos. Sus ojos oscuros trataban de ver más allá, abrasándola por debajo de la piel.

–A mí no tienes que arreglarme.

De repente ella se dio cuenta de que no sabía cómo hacerlo. Lo miró fijamente. El hombre que tenía delante era un guerrero, un guerrero al que le daba miedo la batalla. Las cicatrices que tenía por dentro eran mucho peores que las que tenía en la piel... De pronto tenía la sensación de que nunca sería suficiente para él. Nunca sería capaz de atravesar esa coraza de hierro y llegar hasta él...

–Fue más fácil hoy –dijo Zahir, entrando en la biblioteca.

Katharine dejó a un lado el libro que estaba leyendo y le ofreció una de sus sonrisas más dulces. Zahir se había acostumbrado a ellas, más de lo que quería admitir.

–Me alegro.

El camino hasta la ciudad había sido más fácil ese día. Sentirla a su lado le daba fuerzas, tranquilidad. El tacto de su mano le mantenía en el presente.

La boda era otra cosa, no obstante. Habría cientos de personas observándolos. Era su oportunidad para cubrirse de gloria, o para mancillar el buen nombre de su familia. Era difícil explicar lo que podría llegar a pasar en esa situación. Perder el control, en público... Eso le aterraba más que nada.

–La boda será fácil –dijo.

–¿Fácil? –repitió ella, levantándose de la silla, con los brazos cruzados.

Él se permitió el lujo de mirarle las curvas de arriba abajo y la lujuria le golpeó de inmediato.

–Las bodas nunca son fáciles, sean cuales sean las circunstancias.

–Pensaba que solo tratabas de hacerme sentir mejor.

–Solo trato de que salgamos adelante –dijo ella.

–Una meta ambiciosa.

–Creo que eso es todo lo que puede esperar cualquier pareja de novios antes de casarse.

–Puede que tengas razón, aunque mi primer compromiso fue bastante corto –le dijo él.

–Oh... Amarah...

Zahir casi esbozó una sonrisa al oír ese tono de voz tan afilado.

–Amarah no era mala.

–No me la puedo imaginar de otra manera. Debería haberse quedado contigo.

–Y así no te habría tocado a ti al final, ¿verdad?

–No. Porque te hizo una promesa.

Él apretó los dientes. Odiaba tener que contar la historia, pero tenía que hacerlo. Ella tenía que entenderlo.

–Recuerdas cómo estaba el primer día, en el mercado, ¿no?

Ella asintió.

–Seguí así durante mucho tiempo. Tenía pequeños momentos de lucidez seguidos de gritos, arrebatos de locura. Me dolía mucho, y la medicación que me daban me hacía dormir, o me alejaba de la realidad. Yo no era el hombre al que ella conocía. Ni siquiera me parecía a él. Tenía la piel de la cara tan quemada que estaba irreconocible. Durante un tiempo pensaron que había perdido la razón del todo. Yo mismo llegué a pensarlo. Había tanta rabia y dolor dentro de mí, tanto dolor en todas partes... Sentía la piel como si todavía estuviera ardiendo. Y cuando por fin empecé a dejarlo todo atrás, los recuerdos, las emociones, entonces pude seguir adelante. Entonces pude empezar a andar. Aprendí a manejarme con un solo ojo. ¿Cómo iba a pedirle que se quedara? ¿Cómo iba a pedirle que se quedara al lado de una bestia?

–Tú no eres...

–Lo era entonces.

Los ojos verdes de Katharine se llenaron de dolor. No era pena, ni compasión. Era como si sintiera lo que él mismo había sentido, como si pudiera compartirlo.

–¿Cómo fuiste capaz de seguir adelante? Perdiste a tu familia y después la perdiste a ella.

–Tenía a mi país, Hajar. Y sabía que tenía que proteger a mi gente. Tenía que ser yo. Y aunque no fuera un líder nato, tenía que hacer lo que pudiera. Empecé por mejorar la seguridad, seguí con los hospitales para niños que hubieran sufrido ataques... Tratamos a niños de todo el mundo, gratis. Evidentemente, para hacer eso, tuve que buscar nuevas formas de obtener ingresos. Eso es lo que me ha mantenido a flote.

–¿Pero cómo crees que no naciste para ser líder, Zahir? Tu gente...

–Mi gente me tiene miedo.

–A lo mejor es porque no les has demostrado cómo eres realmente.

Se lo dijo con tanta dulzura... como si realmente creyera que había algo valioso dentro de él, incluso después de haberle oído decir que estaba vacío por dentro. La miró fijamente. Examinó la forma en que ella lo miraba. Y deseó poder cambiarla.

Apartó la vista.

–Entonces me he estado preparando para enfrentarme a las multitudes. ¿Algo más?

–Bueno, tendremos que bailar. En realidad, no tenemos por qué hacerlo. Si tu pierna...

Zahir sintió un nudo en el estómago.

–Pensaba que teníamos que hacerlo.

–No si... No quiero...

–Tú me dijiste que no eras frágil, ni delicada. Yo tampoco. Solía bailar mucho. No tomé clases ni nada parecido, pero durante los años que pasé estudiando en Europa, bailaba mucho.

Para él había sido más bien una técnica para ligar, pero había funcionado muy bien.

–Eso me sorprende.

–Pues no debería. A las mujeres les gusta y a mí siempre me han gustado las mujeres.

–Y tú les gustabas a ellas.

–Bueno, parece que hace siglos de eso, pero si puedo montar a caballo, entonces puedo bailar, a menos que no quieras bailar con un hombre que no hace más que cojear.

Ella frunció el ceño.

–No es eso. No quiero ponerte bajo presión.

Zahir sintió que su cuerpo respondía como si fuera un reto. Una descarga de adrenalina le recorrió por dentro.

–*Latifa,* puedes provocarme todo lo que quieras, pero dudo mucho que consigas tu propósito.

Un destello brillante iluminó los ojos de Katharine. Era una respuesta al desafío.

–Bueno, me gustaría ver esas técnicas de baile.

–No son nada comparado con aquello a lo que estás acostumbrada. De eso estoy seguro. Pero sé que todavía puedo.

Extendió la mano. Ella se lo quedó mirando.

–No he bailado mucho –dijo.

–Eso me sorprende –le dijo él.

–¿Por qué? –le preguntó ella.

–Eres una mujer preciosa.

Katharine se aclaró la garganta y apartó la vista. El cumplido la había avergonzado un poco.

–Bueno, soy una mujer a la que prometieron en matrimonio, destinada a casarse con un jeque. Y siempre supe que me utilizarían para conseguir otra alianza política así que... Nunca me alentaron demasiado en lo que a bailar se refiere.

–¿Y necesitas que te animen para hacer cosas? Yo pensaba que hacías lo que te daba la gana.

–Hago lo que mi padre me dice –le dijo ella tranquilamente–. Lo que le hace ver algo de valor en mí.

Zahir frunció el ceño. Su expresión se volvió más seria. Se inclinó hacia ella, la agarró de la barbilla y la hizo mirarlo a los ojos.

–Si no es capaz de ver lo que vales, entonces es que está ciego. No, ni siquiera ciego. Yo no puedo ver por un ojo, pero sí que veo lo que vales.

Katharine tragó con dificultad.

–¿En serio?

–Tú eres la única persona que me ha desafiado, de una forma u otra. Eres más tenaz que cualquiera de los hombres a los que conozco.

–Lo mismo digo –dijo ella, intentando no derretirse.

Sus palabras eran como un bálsamo sobre una herida que no se había curado.

–Bueno, baila conmigo, ¿quieres?

Sin quitarle la mirada de encima, Zahir se inclinó y tomó un mando de una mesa auxiliar. Apuntó hacia arriba y apretó uno de los botones. Una suave melodía de jazz, tocada a guitarra, empezó a sonar. Zahir dio un paso adelante, lentamente. Sus ojos negros estaban clavados en ella. Sus movimientos eran sutiles, fluidos. Extendió la mano y ella la tomó. Un calor intenso la inundó por dentro cuando sintió sus dedos, entrelazándose con los suyos propios. Tiró de ella y la agarró de la cintura... Durante una fracción de segundo, Katharine pudo ver al playboy que había sido; pudo ver al hombre a cuyos pies se arrojaban las mujeres... Él deslizó las manos desde su trasero hasta la curva de sus caderas; la agarró con fuerza. Ella levantó la vista, lo miró a los ojos. No quería echarse atrás. Le rodeó el cuello con ambos brazos y se acercó más. Necesitaba estar más cerca. Enredó las manos en su cabello, copioso y muy negro. Él emitió un sonido cercano a un gruñido y le clavó la mirada... Ella deslizó las manos por su cuello, le sujetó las mejillas... Su piel estaba áspera, cubierta por una fina barba de unas horas. Pero Katharine necesitaba más; necesitaba llenar el pozo de deseo que se había abierto en su interior... Sería difícil llenarlo, no obstante. Se puso de puntillas y lo besó en los labios. Fue como un electroshock. La descarga de corriente se había generado entre sus bocas y corría por sus venas a toda velocidad, como una bala de adrenalina que volaba hacia su corazón.

Él seguía bajo sus labios, agarrándola de la falda del vestido. El tejido se arrugaba en sus puños. Zahir gruñó... Katharine empezó a besarlo con frenesí... Entreabrió los labios y deslizó la lengua sobre su labio superior, sobre la cicatriz que lo atravesaba. Él se estremeció. Todos los músculos de su espalda temblaban bajo los dedos de Katharine.

La agarró con más fuerza, la apretó contra su propio cuerpo. Ella podía sentir su erección contra el vientre... La besó en el cuello, en el hombro, mordiéndola, chupándola... Deslizó las manos por sus caderas y siguió hacia la cintura... Ella se volvió y capturó sus labios de nuevo, gimiendo de placer. Todo era instinto, lujuria, desenfreno, sentimiento... Él la devoraba y ella estaba más que dispuesta. Deslizó una mano hacia abajo y la agarró del muslo, justo por debajo de la rodilla. Tiró de ella hacia arriba y le separó los muslos, obligándola a enroscar una pierna alrededor de su propia cadera. Katharine sintió la punta de su miembro contra su propio sexo y empezó a mecerse contra él, siguiendo su instinto, por una vez, olvidándose de la razón.

Se trataba de sentir. No había lugar para la lógica... Zahir dejó de besarla un instante y se rio, colmándola de besos en el cuello, en el hombro...

–Zahir... Oh, Zahir... –susurró ella, agarrándole con fuerza de los hombros, clavándole las uñas en la piel.

Él se quedó quieto, se apartó un momento. La expresión de su rostro era de confusión, aturdimiento. Y entonces volvió la cordura... Se alejó de ella con brusquedad, casi sin aliento.

–Ya basta.

–Zahir...

–¿Por qué estás aquí, Katharine?

–Quería leer un poco, así que bajé después de la cena y...

–No... ¿Por qué estás aquí? En Hajar. Conmigo.

–Por Alexander. Porque... Porque necesito a un marido que proteja el trono de Austrich...

–Si no hubiera sido por eso, ¿habrías venido?

Ella sacudió la cabeza.

–No –le dijo con un hilo de voz. Todo el cuerpo le temblaba.

Zahir la miró un momento. Sus ojos eran pozos negros, insondables. Katharine sintió un nudo en el estómago. Las rodillas le temblaron. Él asintió con la cabeza, dio media vuelta y se marchó.

Capítulo 8

KATHARINE no estaba acostumbrada a que la gente le mostrara su desaprobación tan abiertamente, a menos que se tratara de su padre. Pero lo que había pasado con Zahir era mucho más. Le había hecho daño. O por lo menos eso pensaba... Ya no sabía muy bien si era capaz de sentir dolor alguna vez. No sabía si había algo debajo de esa pared de granito.

«Sí que lo hay. Toda esa pasión...».

Por un instante, había visto a Zahir tal y como era. Seductor, encantador, sensual... Tal y como había sido, quizá... No. Aún lo tenía. Esa fuerza de la Naturaleza seguía dentro de él.

Parpadeó rápidamente y volvió a mirar la pantalla del ordenador que tenía delante. Sus dedos se deslizaban sobre la pantalla táctil, pasando las páginas y mostrando un traje de novia tras otro. Aunque no importara mucho cómo fuera vestida, quería mirar unos cuantos modelos más de los que su modisto particular le había mandado. Eran unos bocetos espectaculares; una buena publicidad para él y para el diseñador que los había creado.

Katharine frunció el ceño. Siempre hacía lo mismo; justificarse y buscarle sentido a todo lo que hacía. Era una forma de sentirse útil. Rodó sobre sí misma y se acostó boca abajo. Apartó la tableta. Le diría a Kevin que escogiera uno, porque realmente no le importaba mucho. ¿Qué importancia tenía, después de todo? Zahir hubiera preferido no casarse, de haber tenido elección, y le traía sin cuidado si desfilaba hasta el altar con un traje glorioso o con un saco de patatas...

Tenía que protegerse a sí misma. Si se dejaba quitar el corazón, si llegaba a olvidar que él no era capaz de sentir algo por ella, entonces estaba perdida. Se trataba de un arreglo temporal, un matrimonio de conveniencia, y debía tenerlo bien presente en todo momento.

–No quisiera que fuera de ninguna otra manera –dijo para sí.

Iba hacia esa luz al final del túnel. Pero cuando cerraba los ojos, ya no la veía. Veía a un hombre con ojos tristes, desesperado...

–Katharine.

La voz de Zahir, enérgica y profunda, la sacó de su ensimismamiento. La luz del sol de media tarde se colaba por las ventanas, iluminando la cama, calentándole la mano... La quitó rápidamente y flexionó los dedos.

–¿Sí? –se volvió hacia él y el corazón casi se le paró. Su presencia era tan poderosa, tan intensa.

–¿Por qué hay un ejército de periodistas en la puerta?

–Yo no... Mi padre –dijo ella, incorporándose y frotándose la cara–. Todo ese despliegue mediático es importante para él. Un mensaje para John, para hacerle saber que sus posibilidades de acceder al trono se han acabado.

Miró a Zahir. Esos ojos negros tenían un brillo de locura.

–Podemos decirles que se vayan –le dijo, sintiéndose repentinamente culpable por haberle involucrado en todo aquello.

–No –dijo él, apretando los puños.

–Entonces podemos ignorarles sin más –dijo ella.

Podían salir por detrás, ir hasta el oasis. El oasis de la esperanza... Ese podía ser su refugio secreto.

–No. Vamos a salir y a hacer una declaración –la miró de arriba abajo–. Arréglate y nos vemos en el pasillo principal dentro de veinte minutos.

Katharine llegó al vestíbulo un poco antes. Se había recogido el pelo y se había puesto un vestido amarillo con un cinturón ancho de color blanco que le marcaba la cintura. Hacía un día soleado. Zahir entró poco después, vestido con unos pantalones blancos de lino y una camisa ancha color arena que le marcaba el pecho. Los trajes tradicionales no eran para él, pero eso no era ninguna sorpresa para Katharine. Él no era de los que seguían los pasos de la manada sin rechistar.

Se había peinado de cualquier manera, probablemente con los dedos. Estaba claro que no quería estar allí. Pero estaba. Y eso era lo que más importaba. Ahí estaba la valentía.

–¿Lista? –le preguntó.

–¿Sí? –dijo ella en un tono vacilante.

–Puedes hacerlo mejor, Katharine.

–Sí. ¿Qué vamos a decir exactamente?

–Que nos vamos a casar –dio media vuelta y se dirigió hacia la puerta. Su cuerpo se movía con rigidez, pero la herida de la pierna le hacía andar con una cadencia irregular.

Katharine sintió que el corazón se le henchía... Podía sentir el esfuerzo que estaba haciendo, la fuerza de voluntad que necesitaba para caminar con la cabeza bien alta. Dos de los guardias de seguridad abrieron las puertas y los acompañaron hasta el jardín. La prensa estaba detrás de la verja. Todas las cámaras apuntaban hacia Zahir y los flashes se dispararon casi al unísono. Katharine vio el cambio en el rostro de Zahir. Su expresión se volvió más seria, más tensa... Pero apenas se notó. A los ojos de todos, su expresión seguía siendo impasible, hermética.

–No tenemos que hacerlo –le dijo ella–. Podemos buscar a un representante.

–No voy a esconderme. Puedo ser muchas cosas, pero no soy un cobarde, Katharine.

Ella asintió con la cabeza y dio tres pasos adelante para situarse a su lado.

–Vamos a responder a tres preguntas –dijo él, parándose delante de la enorme puerta doble de hierro forjado. Tenía los brazos cruzados sobre el pecho. Las preguntas, sin embargo, eran lo que menos importaba en ese momento. Todos querían ver a la bestia de Hajar, al hombre que se había recluido en su palacio durante cinco años.

–¿Es cierto? ¿Se va a casar con la prometida del jeque Malik, la princesa Katharine? –gritó uno de los reporteros por encima del tumulto de voces.

–No. No es la prometida de mi hermano. Mi hermano está muerto. Me voy a casar con mi prometida –dijo Zahir en un tono feroz.

Katharine vio unas gotas de sudor en su frente. Se le acercó un poco más y deslizó las yemas de los dedos por su brazo. El fino vello le hacía cosquillas en la piel.

–¿Cuándo se va a celebrar la boda?

–Dentro de un mes.

–¡Princesa Katharine! ¿Qué se siente siendo la prometida de la Bestia de Hajar?

–Mucha felicidad –dijo Katharine, respondiendo con el mayor sarcasmo posible. Una llamarada de rabia la quemaba por dentro, pero tenía que mantener la compostura.

Los músculos de Zahir se tensaban bajo su mano.

–Sé que recibiré fidelidad y amor de mi esposo, así que me considero una mujer muy afortunada –añadió en el mismo tono irónico.

Nada más hablar, sintió que la tensión que agarrotaba los músculos de Zahir empezaba a disiparse.

–No tenemos nada más que decir –dijo él de repente. La tomó de la mano, dio media vuelta y volvió a entrar en el palacio.

Cuando las puertas se cerraron tras ellos, Zahir levantó la mano y se mesó el cabello.

Los dedos le temblaban... Los guardias de seguridad desaparecieron y los dejaron solos en el pasillo. Ella trató de buscar algo que decir... Él se volvió hacia ella. Una oscura emoción relampagueaba en su mirada. Fuego, sed de algo... Ella retrocedió y él avanzó hacia ella, un paso, otro más... La agarró de la cintura y la besó ferozmente, sin titubear. Katharine puso los brazos alrededor de su cuello y se aferró a él de la misma manera que él se aferraba a ella. Zahir tenía las manos sobre sus caderas, ásperas, firmes... Le clavaba las yemas de los dedos en la piel. La acorraló contra una pared. Katharine apoyó las palmas de las manos sobre la fresca superficie de ónix con incrustaciones de oro. Él liberó su boca un momento y empezó a darle besos ardientes en el cuello, en el hombro... Le agarró las manos. Pero ella no se sentía atrapada; no tenía miedo. Estaba con Zahir. Se sentía segura.

Él se relajaba poco a poco. La tensión desaparecía a medida que aumentaba la pasión. Y ella la sentía también. Su propio cuerpo lo llamaba a gritos, lo deseaba.

–Zahir... –susurró.

Él se quedó quieto un instante. Su respiración se había vuelto entrecortada, jadeante. Tal y como había hecho la última vez, se apartó bruscamente. Sus ojos estaban velados por el deseo y su erección era evidente, gruesa y prominente. Katharine podía sentirle contra el vientre.

Su pecho se movía abajo y arriba. Su expresión era seria, grave.

–Cuando dices mi nombre... Vuelvo a ser yo.

Katharine no entendía por qué lo decía de esa manera, como si eso le causara un tremendo dolor.

–Yo no...

–No quiero volver a este cuerpo –le dijo él. Las palabras le salían de manera atropellada.

Dio media vuelta y se marchó. La dejó allí, con las manos apoyadas contra la pared, anhelando mucho más de lo que jamás tendría.

Zahir no era muy religioso. Nunca lo había sido. Sin embargo, las costumbres de su pueblo estaban bien arraigadas en él. Beber alcohol no era, por tanto, uno de sus pasatiempos favoritos.

En ese momento, no obstante, se sintió tentado de beber; bebérselo todo para olvidar. Necesitaba algo que le entumeciera, que le quitara el dolor, que le alejara de la realidad.

No. Si se alejaba de la realidad, perdía tiempo, perdía una parte de sí mismo. Veía aquel día... Tenía que verlo todo desde el principio hasta el final.

No podía ir por ese camino.

Sus pensamientos se volvieron hacia Katharine. Había sido un poco brusco con ella, pero ella le había respondido. Se lo había devuelto todo. Su cuerpo era tan suave y agresivo al mismo tiempo. La atracción entre ellos era puro magnetismo, una fuerza de la Naturaleza que se lo llevaba todo por delante... Ella había dicho su nombre, tal y como había hecho aquella noche en el estudio, en el mercado... Y eso le había devuelto a la realidad, le había sacado del abismo, del sueño... El jeque Zahir S'ad al Din... La bestia de Hajar. Esa era la realidad, mientras que ella era la mujer más hermosa que había visto jamás en sus treinta y tres años de vida. Todo en ella era perfecto, extraordinario... Y él no era más que...

Un monstruo.

Se quitó la camisa y miró hacia la barra. Podía emborracharse, despertarse con una terrible resaca y un deseo sin satisfacer, o podía dar media vuelta e ir a buscar la única cosa que había deseado en cinco largos años...

Katharine retiró las mantas y fue hacia la ventana. Tenía calor. Y no era por el clima del desierto. Hacía una noche fresca, pero nada podía apagar la llama que Zahir había encendido en su interior. No había conseguido apagar ese fuego. La ducha que se había dado no había hecho más que despertar todas esas partes de su cuerpo que anhelaban las caricias de Zahir. Tenía la piel al rojo vivo, tensa como las cuerdas de una guitarra. Quería quitarse la ropa... Arqueó la espalda y el fino camisón de seda que llevaba puesto le rozó los pezones. Respiró hondo. La ligera abrasión que le causó el tejido lanzó dardos de placer que la recorrieron de arriba abajo hasta llegar hasta su sexo. Se agarró un mechón de pelo y lo enredó alrededor de la mano. Tenía el cabello mojado de sudor... El frescor del aire llegó hasta ella por fin.

–Katharine.

Ella se soltó el pelo de golpe, lo dejó caer sobre sus hombros. Zahir estaba parado en el umbral. No llevaba nada más que unos pantalones de lino que le caían casi por debajo de las caderas, dejando ver unos músculos perfectos, una piel bronceada.

Katharine se acercó, respiró hondo...

–¿Qué estás haciendo aquí?

–He venido a terminar lo que debería haber terminado hoy en el vestíbulo, lo que debería haber terminado la semana pasada en el estudio.

Ella solo tuvo tiempo de respirar una vez más y entonces sintió el golpe de sus labios. Un frenesí de lujuria y desesperación se apoderó de ella, clavándosele en el estómago, poseyéndola por completo.

Él deslizó las manos por su espalda. La agarró del trasero, palpando su piel a través de unos pantalones muy cortos y finos.

–Estoy aquí para demostrarte que todavía soy un hombre.

Katharine sintió un escalofrío de placer y se estremeció contra él. Él la agarró de la cintura con el otro brazo y siguió besándola, lamiéndola con desenfreno. Le levantó la parte superior del pijama y le tocó la espalda. Ella dejó escapar un gemido de placer.

–¿Bien? –le preguntó en un susurro.

–Oh, sí –dijo ella.

Zahir deslizó ambas manos por su cintura y siguió subiendo. Al llegar a sus pechos flexionó los dedos pulgares, torturándola deliciosamente. Ella arqueó la espalda, suplicándole, pidiéndole más. Él dejó escapar una carcajada y continuó deslizando las manos por todas esas partes de su cuerpo que le daban un placer tan inesperado. El vientre, la zona que estaba justo por debajo del ombligo hasta llegar a la cintura baja de los pantalones... El tacto de sus manos era como el roce de una pluma. No llegaba a acariciarla del todo. No llegaba a satisfacer el dolor que palpitaba dentro de ella. De pronto volvió a tocarle la espalda y tiró de ella, apretándola contra su propio cuerpo para que pudiera sentir el poder de su miembro erecto. Ella empezó a mecerse contra él, buscando esa satisfacción, pero sin encontrarla. Estaba jugando con ella, y lo hacía a propósito. Dejó de besarla un momento y la miró. Esbozó una sonrisa maliciosa, peligrosa. Empezó a besarla en el cuello, deslizó la punta de la lengua entre sus pechos al tiempo que deslizaba las manos hacia arriba, levantándole más la parte superior del pijama.

Se puso de rodillas, le dio un tórrido beso en el vientre. Palpó el borde de su camiseta.

–¿Necesitas ayuda? –Katharine se la quitó de un tirón.

Zahir le bajó los pantaloncitos hasta los tobillos y ella los tiró a un lado con los pies. Ya estaba completamente desnuda ante él, pero no se sentía incómoda. Él deslizó las manos sobre sus caderas, sus muslos, le rodeó el trasero...

–Eres preciosa –le dio un beso en el vientre de nuevo, trazando una línea recta con la punta de la lengua.

Ella apoyó las manos sobre sus hombros, sujetándose con fuerza. Él continuó jugando. Su lengua estaba tan cerca, pero tan lejos al mismo tiempo... Se movía sobre ella, haciéndola temblar de gozo. De repente se puso en pie, la miró un instante. Todavía tenía esa sonrisa maliciosa en la cara.

–La cama.

Katharine empezó a andar hacia atrás, manteniendo la vista fija en él, hasta que sus rodillas se toparon con el borde de la cama. Se sentó; se inclinó hacia atrás. Él empezó a palpar sus curvas, besándola como un hombre hambriento. Le agarró los pechos, jugueteó con sus pezones... Empezó a mover una mano entre sus muslos, deslizó dos dedos entre sus labios más íntimos. Recogió algo de humedad y la llevó hasta su clítoris. Katharine gimió con todo su ser.

Se inclinó hacia ella, le lamió un pezón y después se lo masajeó con la mano.

–Oh, Zahir –se detuvo. Tenía miedo de haberlo estropeado todo.

Él volvió a lamerle el pezón, deslizando la lengua alrededor de la aureola.

–Dilo de nuevo.

–Zahir.

–De nuevo –le dijo él, besándola en el vientre, en el ombligo.

–Zahir.

Le separó los muslos con los hombros, sujetándole las piernas con firmeza. Empezó a acariciarla, frotando su sexo con las yemas de los dedos. Después bajó la cabeza e hizo lo mismo con la lengua, caliente y húmeda. Exploró todos los rincones de su sexo, le dio placer de todas las maneras posibles... Introdujo un dedo y Katharine creyó ver las estrellas; una lluvia de fuegos artificiales que la hicieron arder allí donde cayeron. Zahir se tumbó a su lado, acariciándole la cara, el cabello, colmándola de besos... Podía sentir su erección, dura e insistente, contra la cadera.

–¿Y ahora qué? –le preguntó ella, extendiendo la mano para agarrar su miembro viril.

Él la interceptó en el aire. Le dio un beso en la palma.

–Más de lo mismo.

Se inclinó sobre ella y le dio un beso en la boca. Ella sintió que se derretía de nuevo...

Capítulo 9

CUANDO el último estremecimiento de placer escapó de los labios de Katharine, Zahir se levantó de la cama. Ella rodó sobre sí misma y se puso de lado, observándole. Estaba medio vestido y su erección seguía siendo evidente, tensándole los pantalones.

–Ven aquí –le dijo ella, preparada para dar el siguiente paso.

La había llevado al orgasmo tres veces y ya era hora de dárselo todo.

–Creo que ya basta, ¿no crees? No es que no haya disfrutado viéndote.

–Ven a buscar placer para ti –le dijo ella, sin saber muy bien qué quería decir con aquel comentario tan críptico.

–He tenido mucho esta noche, saborearte, tocarte... Todo eso me ha dado mucho placer, más que suficiente.

–Zahir...

Él dio media vuelta. La luz de la luna se colaba por la ventana, incidiendo en las cicatrices que tenía en la espalda.

–¿Eres virgen?

–Yo... Bueno, llegados a este punto, no es más que un tecnicismo.

–Entonces creo que deberías seguir así.

–¿Y eso depende de mí? –le preguntó ella, agarrando las mantas e incorporándose de golpe.

–Y de mí. Si yo no quiero...

–¿No quieres estar conmigo? –bajó la vista y miró su miembro claramente excitado–. Eso no me lo creo.

–Dime... ¿Esa virginidad tuya es parte del contrato de matrimonio?

Ella se ruborizó.

–Más o menos.

–¿Es por eso que todavía eres virgen? ¿Porque creías que podrías necesitarlo ahora que Malik no está?

–Yo... es complicado. Pero te estaría mintiendo si te dijera que eso no tenía nada que ver.

Le daba vergüenza admitirlo, pero la realeza tenía esa visión del mundo. Una novia virgen era importante y eso le habían enseñado desde niña.

–¿Y si lo necesitas más adelante? –le preguntó Zahir.

–Estaré divorciada. Nadie esperaría algo así.

Katharine sintió que la garganta se le cerraba. ¿De verdad lo estaba haciendo? ¿Le estaba rogando a un hombre que se acostara con ella? ¿De verdad estaba pensando en acostarse con él, divorciarse y buscar a otra persona más adelante? Una ola de rabia la sacudió por dentro, mezclándose con una profunda vergüenza que le revolvía el estómago.

–Fuera –le dijo de repente.

Él inclinó la cabeza.

–Como quieras, *latifa* –dio media vuelta y se marchó. Katharine tuvo ganas de llamarlo, hacer que volviera, para gritarle un montón de cosas, para hacer el amor con él.

Se tumbó sobre la cama y juntó las rodillas bajo el mentón. Nunca se había sentido tan fuera de lugar en su propio cuerpo.

« Estoy aquí para demostrarte que todavía soy un hombre...».

Solo quería demostrárselo a sí mismo; ponerse a prueba. Su orgullo estaba en juego y la había utilizado para recuperarlo. Le había dado placer, mucho más de lo que había creído posible, pero lo había hecho por sí mismo. Esa había sido su recompensa, su prueba.

Katharine golpeó la almohada con el puño. Una vez más se había convertido en su terapia. Le había resultado muy conveniente y útil. Pero ella quería algo más que eso. Quería ser su mujer, su amante... Pero lo que acababa de pasar no dejaba lugar a dudas. No había nada detrás de esa pared que había construido alrededor de su alma; nada excepto oscuridad...

Evitarse resultó ser muy fácil en el palacio de Hajar. Zahir pasó casi una semana y media sin verla, desde aquella rueda de prensa improvisada, desde aquel día en que había ido a su habitación... Él no era Malik. Eso era seguro. Katharine habría estado mucho mejor con su hermano, o con él, si el ataque no hubiera tenido lugar. Un dolor agudo se propagó por todo su cuerpo. Era la primera vez que reparaba en eso. Si la hubiera conocido antes, si hubieran sido un hombre y una mujer, nada más...

–Pero eso no pasó –dijo en voz alta para sí mismo.

De repente se abrió la puerta de su despacho. Enseguida supo que era ella. Cualquier otra persona hubiera llamado antes de entrar.

–Nos vamos a Austrich mañana.

–Lo sé.

–Bueno, he pensado que deberíamos trazar un plan –le miró como si fuera culpa suya el que no lo tuvieran ya.

Él apoyó las palmas de las manos sobre el escritorio y se puso en pie, inclinándose un poco.

–No he sido yo quien ha estado esquivándote.

Ella abrió la boca y la cerró de inmediato.

–No he estado esquivándote.

–Bueno, no has aparecido por el gimnasio ni por mi habitación en casi dos semanas, y tampoco has venido al despacho. Y no solo eso. Ni siquiera has salido a pasear con Lilah. Te has estado escondiendo.

–Yo no me escondo.

–¿No? Ahora mismo lo estás haciendo. Te escondes detrás de esa fachada, sin emociones, soberbia... Pero yo conozco a la mujer que hay debajo. La he tenido en mis brazos mientras vibraba de placer.

Katharine se sonrojó.

–Que me hayas provocado un orgasmo no significa que me conozcas.

–No es por eso que te conozco.

Zahir no sabía por qué había dicho eso ni por qué insistía, pero quería que ella admitiera que había algo entre ellos.

«No debería importar. Sea como sea, ella se marchará cuando Alexander alcance la edad legal. Nunca será tuya».

Y él no quería que se fuera, porque era perfecta. Era abierta, dulce, optimista, y debajo de esa cubierta de acero, había auténtica fuerza. Él, en cambio, no era más que oscuridad. Y quería permanecer en las sombras. ¿Cómo iba a hacer otra cosa si era el único que quedaba?

–¿Cómo me conoces entonces? –le preguntó ella.

–Te conozco porque... te has entregado a mí.

Era cierto. Lo había hecho. Era la imagen que tenía fija en la mente, en vez de las granadas... Cuando la multitud rodeaba el coche en el mercado, la veía a ella.

–Yo no me he entregado a ti –dijo ella, arrugando la nariz, como si la idea le causara repulsión.

–La idea no te pareció tan repelente el otro día en la cama –dijo él, sintiendo un golpe de rabia.

–No es eso lo que quería decir. Evidentemente no... Evidentemente yo no... no te pertenezco.

–No, Katharine, no me perteneces. Nunca podrías pertenecerle a ningún hombre. Sería un lugar demasiado tranquilo para ti. Y tú no tienes nada de tranquila.

–No sé.

–Pues yo sí lo sé. Tengo las heridas de guerra que lo demuestran. Simplemente quería que te lo tomaras con calma conmigo. Quería que te tomaras tu tiempo y que... –no le gustaba usar la palabra «ayuda». Parecía un síntoma de debilidad, pero necesitaba su ayuda. Y ella se la había dado–. Me has ayudado.

–Tenía que hacerlo –ella bajó la vista.

–¿Para que parezca que voy a ser un buen regente para tu país?

–Claro –levantó la vista. Había tanta emoción en sus ojos verdes que sus pupilas parecían tan profundas como el océano–. Recuerda que hace mucho más frío en Austrich que aquí. El aire es más ligero.

–Es lógico.

–¿A qué hora nos vamos mañana?

–Si salimos a primera hora de la mañana, podremos llegar de día. ¿A las ocho?

Ella forzó una sonrisa.

–Creo que ponerse de acuerdo no fue tan complicado después de todo.

Árboles verdes, cubiertos por un manto de nieve, se extendían sobre la planicie a la que se aproximaba el avión. Aterrizaron en una pista privada situada detrás del palacio, en la capital de Austrich. La exuberancia de color, después de haber visto la tierra baldía de Hajar, era casi cegadora, surrealista... Katharine bajó del jet y avanzó sobre la pista con sus tacones altos. El suelo estaba helado. En el desierto nunca había silencio. Siempre se oía el zumbido de algún insecto, o el sonido del viento sobre las dunas. Pero en Austrich, las montañas y los árboles aislaban el sonido y generaban un silencio sublime.

–¿Te encuentras bien? –le preguntó a Zahir.

Él miraba el cielo, gris, nublado... Debía de parecerle totalmente ajeno.

–Sí.

–No has... Quiero decir que sé que Malik y tú fuisteis al colegio en Europa, pero tú no has salido de Hajar en...

–Cinco años –dijo él, contemplando los picos nevados que los rodeaban.

–Aquí todo es muy diferente. Recuerdo que la primera vez que estuve en Hajar, casi me da algo. Me parecía que estábamos al lado del sol.

Él la miró entonces. Sus ojos negros eran inescrutables.

–Este es tu sitio.

Lo que quería decir en realidad era que su sitio no estaba en Hajar. Katharine levantó la vista hacia el castillo, que se alzaba en medio de los pinos. Las almenas resplandecían bajo la luz del sol. De repente todo le parecía lejano, extraño.

–Mi padre nos espera –dio media vuelta y fue hacia la limusina que los esperaba para llevarlos al palacio.

Subió al vehículo. Buscó algo que decir desesperadamente... Quería llorar, gritar, hacer cualquier cosa que rompiera ese silencio sepulcral de Austrich. No se había sentido muy bien desde aquella noche en su habitación. Cerró los ojos. Echaba de menos algo de Hajar, pero no sabía muy bien lo que era. El aire helado de Austrich se coló en la limusina cuando Zahir subió a su lado.

–Me gusta –le dijo ella, tocándole la manga de la chaqueta de lana.

–No he tenido ocasión de usarla durante mucho tiempo.

–En Hajar no hace falta mucha ropa de abrigo precisamente.

–No.

Él se volvió hacia la ventanilla, contempló el paisaje. Katharine volvió a cerrar los ojos, intentó dejar la mente en blanco. El viaje fue demasiado corto. Apenas unos minutos después, el coche se paró delante de la entrada principal del palacio.

–¿Cómo está tu padre?

–No lo sé –le dijo ella, con la voz ahogada.

No le había visto en más de un mes, pero su padre no era de los que admitían una debilidad.

Las puertas de la limusina se abrieron al mismo tiempo y ambos salieron el frío aire de Austrich. Ya había empezado a nevar. Poco a poco un fino manto blanco iba cubriendo el jardín situado delante del palacio. Zahir echó a andar delante de Katharine. Sus zancadas eran firmes, seguras... Ella trató de seguirle el ritmo. Trató de absorber un poco de su fuerza... No había hecho más que tratarle como al enemigo, porque le había hecho daño, pero en ese momento necesitaba un aliado. Lo necesitaba desesperadamente. El castillo de Austrich no tenía nada que ver con el de Hajar. Había empleados de servicio en todas partes, personal administrativo, miembros del parlamento que estaban de visita, y algún grupo de turistas... Siempre era un lugar concurrido, bullicioso... Había flores en todos sitios, y guirnaldas de claveles colgadas por doquier en las zonas más transitadas. Los suelos eran de reluciente mármol blanco y las paredes, impecables también, llevaban la impresión de la flor de lis.

Aquel lugar le parecía ajeno de repente. Se acercó un poco a Zahir.

–Por aquí –le dijo, indicando la dirección del despacho de su padre.

Él estaría allí, esperándola.

Se detuvieron delante de una enorme y oscura puerta de madera de nogal. Katharine respiró profundamente, pero tampoco le sirvió de mucho.

–Katharine –le dijo Zahir, tocándole la mano–. Mírame.

Ella le obedeció. Miró aquel rostro hermoso y marcado por el dolor.

–Si puedes irrumpir en un despacho como lo hiciste aquel día en Hajar, puedes hacer esto.

Ella asintió, se aclaró la garganta y llamó a la puerta.

–¿Sí? –la voz de su padre se oyó desde el otro lado de la puerta.

Katharine sintió un nudo en el estómago. Abrió la puerta y entró. Ese despacho siempre había sido distinto al resto del palacio, espacioso, pero oscuro.

–Padre, me gustaría presentarle al jeque Zahir S'ad al Din, mi futuro esposo.

Su padre se puso en pie. Su rostro parecía haberse consumido hacia dentro, y tenía el pelo más blanco que nunca.

–Jeque Zahir, me alegro mucho de que haya decidido cumplir con el acuerdo. Mi familia siempre ha confiado en la suya.

Una vez más Katharine se dio cuenta de que era a Zahir a quien su padre se dirigía, no a ella.

Zahir asintió.

–Katharine me dio unos argumentos muy convincentes.

–¿Ah, sí? –su padre arqueó una ceja.

Katharine apretó los dientes. Luchó contra ese sentimiento de injusticia que la carcomía por dentro. Era como si no estuviera en la habitación. Pero tampoco era el momento para enfadarse por ello. Su padre no estaba muy bien de salud.

–Sí. Yo me negué, pero ella me hizo ver cosas muy importantes –Zahir la miró.

Su padre parecía muy sorprendido.

–Es cierto –dijo ella, aclarándose la garganta. Pero entonces se quedó sin palabras.

Su padre volvió a mirar a Zahir.

–Imagino cómo te convenció.

Katharine sintió que una bola de fuego le subía por el pecho.

–Disculpadme, por favor, necesito... Me alegro de haberle visto, padre –dio media vuelta y salió del despacho.

Echó a andar por el pasillo y no se detuvo hasta que llegó al sitio que estaba menos concurrido.

Se apoyó contra la pared y respiró profundamente, tratando de desatar el nudo de dolor que se había hecho alrededor de su corazón. De repente oyó unos pasos que se acercaban. Zahir apareció por la esquina. Apoyó la mano izquierda sobre la pared.

–Le he dicho que no vuelva a hablarte de esa manera. ¿Por qué no me lo dijiste, Katharine?

–¿Decirte qué?

–Que es un bastardo.

–Yo no... No me daba cuenta. No me di cuenta hasta que empezó a insinuar que usara mi... mi cuerpo para convencerte.

–Podrías abandonarlo. Lo sabes –le dijo él, mirándola fijamente.

Por un instante, Katharine deseó poder hacerlo; tomarle la palabra, tomarle de la mano y salir de allí para siempre.

–No lo hago por él. Lo hago por Alexander. Por mi gente. Ya no me preocupa el hecho de tener que demostrar algo. Ya no –se mordió el labio y sacudió la cabeza–. Quería que viera que... Que yo podía ser igual de importante. Pero es imposible.

–Es distinto para los herederos. Necesitan seguridad, confianza. Tienen que entender que sus obligaciones conllevan una gran responsabilidad. Tienen que estar listos para dirigir un país. Los sustitutos, como nosotros... No somos más que un accesorio, un comodín.

–¿Tú lo eras?

Zahir miró hacia otro lado.

–Mis padres eran buenos conmigo, cuando los veía. Malik era la única prioridad para mi padre, y eso lo puedo entender en cierto modo.

–Pero eres tú quien está al frente de Hajar ahora.

Zahir tragó en seco.

–Sí. Y eres tú quien va a salvar Austrich.

Ella sonrió.

–Cuando tenga hijos, no les voy a poner en esa jerarquía. Me niego.

–Yo nunca tendré hijos, así que eso no es un problema para mí.

–¿Nunca?

–Llorarían nada más verme.

–Te adorarían.

Un destello fugaz iluminó la mirada de Zahir durante un segundo.

–No sabría cómo quererlos.

El dolor que desprendían sus palabras casi le rompió el corazón a Katharine.

–Sí que sabrías, Zahir. Sí que podrías.

–No sabes cómo es vivir en este cuerpo –se tocó el pecho–. Estoy vacío. Gracias a Dios.

–¿Porque querer duele demasiado?

–Duele demasiado. Te parte en mil pedazos. Y no me apetece pasarme el resto de mi vida recogiéndolos. En algún momento, te vuelves inmune, insensible... A todo y a todos. A lo bueno y a lo malo. Pero cualquier cosa es mejor que esa clase de dolor.

Katharine sintió que su propio corazón se desgarraba por dentro. Casi podía sentir lo que él describía. Se tocó el pecho.

–Pero todavía sientes dolor. No puedes escapar de él. Lo he visto. ¿Por qué te niegas las cosas buenas?

–¿Cómo voy a aceptarlo? Todos esos inocentes que pasaban por allí, mi familia, los guardias... Ninguno de ellos va a tener ocasión de disfrutarlas ya –dio media vuelta, como si fuera a marcharse.

–¿Y qué te dijo mi padre cuando le soltaste esa reprimenda?

–Nada. A lo mejor todavía sigue ahí, ahogándose en su propia ira. Pero no creo que se atreva a nada más. Me necesita, ¿recuerdas?

–En realidad no es tan malo, Zahir. Tiene ideas anticuadas y es un poco cerrado, ambicioso. Pero ha hecho cosas maravillosas por este país. Como gobernante, siempre ha mostrado una gran compasión. Como padre, no tanto. Pero yo respeto todo lo que ha hecho aquí, y le apoyo.

–Y yo voy a asegurarme de que Austrich siga teniendo un gobierno estable.

Katharine se dio cuenta de algo. No había nombrado su propio país, sino solo a Austrich. Sus prioridades parecían haber cambiado de pronto. El dinero y el comercio ya no parecían ser tan importantes para él...

Había una semilla buena en él. Siempre lo había sospechado, y en ese momento tenía la certeza...

Capítulo 10

EL DÍA de la boda no nevaba tanto. La luz del sol hacía resplandecer el inmaculado manto blanco que cubría la finca del castillo. Katharine sujetó con fuerza el ramo de rosas y cerró los ojos. Un enjambre de mariposas revoloteaba en su estómago. Las dos semanas anteriores habían sido frenéticas. Zahir y su padre se habían ocupado de todos los preparativos, y el pobre Alexander había tenido que asistir a todas las reuniones familiares. Con dieciséis años ya no era un niño, pero parecía tan joven... Demasiado... Por suerte Zahir estaba a su lado. Le estaba tan agradecida. La boda, no obstante, todavía la aterraba. No había visto a Zahir en más de veinticuatro horas y no sabía lo que sentía en esos momentos. Muy pronto iba a tener que enfrentarse a una multitud de gente. Suzette, una de las damas de honor, levantó la cola del vestido y la dejó caer con suavidad. El sol que entraba por las vidrieras de la catedral incidía sobre el delicado encaje y lo hacía resplandecer.

–Estás preciosa, Kat –dijo Suzette.

Katharine suspiró. Era perfecto. Perfecto por fuera, por lo menos. Y eso era todo lo que importaba. Se volvió hacia la joven, la única persona a la que podía llamar amiga de verdad. Habían ido al mismo internado y desde entonces siempre habían sido como hermanas. Suzette había vuelto a los Estados Unidos, su país natal, pero siempre acudía cuando la necesitaba.

–Suzette, ¿ha llegado Zahir? –le preguntó Katharine.

–Seguro que sí –dijo su amiga, recolocándose el top de su vestido verde pálido.

Katharine suspiró.

–Tienes razón. Claro. Es que son los nervios de la novia.

Suzette abrió los ojos.

–No serán nervios de la noche de bodas, ¿no? Porque si es así... Tenemos que hablar después de la ceremonia.

Katharine dejó escapar una risotada. De repente recordó la noche que había pasado con Zahir, lo que él la había hecho sentir, las cosas que habían hecho juntos...

–No es eso. En absoluto –dijo.

No obstante, no pudo evitar preguntarse si la noche de bodas significaría algo para Zahir. Si querría algo más de ella... No. Probablemente no. Le había dicho que no quería dormir con ella, sin más.

–Bueno, solo se trata de nervios antes de pronunciar los votos matrimoniales –dijo Katharine.

–Un momento –le dijo Suzette. Abrió la enorme puerta de madera que daba al santuario, lo justo y suficiente para mirar.

Se volvió hacia Katharine y esbozó una sonrisa.

Katharine se la devolvió. El alma se le cayó a los pies cuando la música empezó a sonar. El espectáculo acababa de empezar...

Zahir sentía los dedos helados, pero sabía que no era por la nieve que estaba cayendo fuera. Era la embestida del pánico. El corazón se le aceleró, los músculos se le tensaron, el estómago se le cerró como un cepo, los dedos se le entumecieron... No sabía por qué. Solo sabía que el sentimiento le resultaba demasiado familiar.

Tal y como quería Katharine, fue una boda discreta, aunque real. Unos doscientos invitados abarrotaban el milenario santuario de piedra y un cuarteto tocaba música en directo.

Una rubia pequeña y curvilínea con un vestido verde avanzó por el pasillo. Era la dama de honor. Se la habían presentado la noche anterior, pero no era capaz de recordar su nombre. Todo se había vuelto borroso de repente, confuso. Parpadeó con fuerza, intentó ignorar el sabor metálico que tenía en la boca. El miedo extendía sus tentáculos, paralizándole. De repente hubo un cambio brusco en la música...Zahir se volvió hacia las dobles puertas que daban al vestíbulo. Se abrieron y un ángel atravesó el umbral.

Katharine...

Parecía que flotaba. Su pelo rubio le caía en cascada sobre los hombros. El traje, de encaje vaporoso, resplandecía y se movía en el aire a cada paso que daba. Pero eso no era lo que más le cautivaba. Su rostro... Ese era el mismo rostro que lo había rescatado aquel día en el mercado, el mismo rostro que había observado mientras le daba placer en la cama.

A medida que Katharine se acercaba, todo lo demás se desvanecía. Extendió la mano y ella la tomó. Un segundo después había recuperado el calor en el cuerpo. Se inclinó hacia ella.

–¿No tenías a tu padre para que te entregara?

Ella sacudió la cabeza.

–Esto ha sido decisión mía.

El sacerdote habló en latín durante un largo rato. Zahir no conocía muy bien los detalles de la ceremonia, pero sí sabía lo que significaban los copones llenos de arena que estaban al fondo del altar. Era una tradición de Hajar, y no pensaba que nadie fuera a molestarse en incluirla en el ritual. Pronunciaron los votos matrimoniales y, antes de que el sacerdote los declarara marido y mujer, hizo un gesto para que le acercaran los cálices llenos de arena. Uno estaba lleno de arena blanca, y el otro de arena oscura. Entre los dos había un jarrón transparente y vacío.

–Ahora el jeque Zahir y la princesa Katharine han elegido sellar el enlace siguiendo la tradición de Hajar, el país natal del jeque –su voz sonaba más fina en inglés, casi despreciativa.

–¿Qué es esto? –preguntó Katharine

–Una tradición de Hajar. Tu padre debió de pensar que era buena idea añadirlo.

Porque sabía lo que significaba... Era un sutil recordatorio de que la unión sería para siempre. Sujetándola de la mano, la llevó hasta la mesa. Se arrodillaron sobre unos almohadones de terciopelo.

–¿Y qué significa? –preguntó ella, en voz baja.

Él recogió ambas copas y le dio a Katharine la que estaba llena de arena blanca.

–La arena nos representa a nosotros, como individuos. Hoy no vamos a salir de aquí como dos personas, sino como una sola.

Inclinó su propia copa sobre el jarrón y vertió un poco.

–Ahora tú.

Katharine hizo lo mismo y después repitió el movimiento hasta vaciar su copón, alternando con Zahir. La arena se asentó en distintas capas dentro del jarrón.

–Todavía estás ahí –dijo él, señalando una beta brillante de arena–. Y yo. Pero, al igual que la arena, será imposible separarnos. Estamos unidos.

Los ojos de Katharine se llenaron de lágrimas. Él se inclinó y le puso los labios al oído.

–Lo siento. No sabía que esto sería parte del servicio religioso.

Ella asintió. Estaba algo tensa.

–No... No tiene importancia.

Zahir la llevó de vuelta a donde estaba el sacerdote. Podía sentir cómo le temblaba la mano.

El vicario pronunció las palabras finales y le ordenó que besara a la novia. Inclinándose suavemente sobre ella, Zahir vio cómo se le cerraban los ojos a medida que se acercaba. Le dio un beso sutil en los labios. La sensación fue casi explosiva, increíble... Y solo era un pequeño atisbo de la clase de placer que le ofrecería su cuerpo. Él lo sabía muy bien, porque ya había experimentado esa tortura. Ella apretó los labios con más firmeza contra los de él, y él se quedó así un momento, atrapado, embelesado... rodeado por ella.

Se apartó unos segundos después. Su mano seguía unida a la de ella y los invitados aplaudían al tiempo que el sacerdote los presentaba como marido y mujer por primera vez. De repente sintió que Katharine le agarraba la mano con más fuerza. Caminaron juntos por el pasillo. La multitud era un borrón a ambos lados. Zahir mantenía los ojos fijos sobre ella; su mente seguía en el presente.

–¿Lista? –le preguntó Zahir, ofreciéndole una mano.

Ya estaban en el salón de bailes. La multitud se había hecho un círculo a su alrededor. Desde su llegada a la fiesta, todo se había vuelto abrumador. La gente se acercaba a hablar con ellos para desearles lo mejor, tarta, fuente de ponche, fotos... Todo lo que no podía faltar en una boda.

Lo de la arena había conmovido mucho a Katharine.

Había sido tan simbólico, tan hermoso... Así era como debía ser un matrimonio.

–Sí. Estoy lista.

Se abrieron camino hasta el centro del círculo. Zahir la atrajo hacia sí, agarrándola de la cintura. Tenían una orquesta en directo, pero Katharine todavía seguía oyendo aquella guitarra sensual que tocaba una pieza de jazz... Aquella música sensual que había escuchado en la biblioteca del palacio... De repente le pareció que estaban completamente solos. Todo parecía distante. Era tan peligroso, tan estúpido por su parte... Y sin embargo, no podía luchar contra ello. No quería hacerlo... Él se inclinó hacia ella, presionándole la mejilla. Su piel resultaba áspera, pero agradable. Era él, Zahir.

–Lo hemos conseguido –dijo él en un tono suave. Su aliento caliente le hacía cosquillas en el cuello.

–Lo has conseguido.

–Te miré.

No volvieron a hablar. Simplemente siguieron bailando al ritmo de la música mientras Katharine intentaba contener la emoción que amenazaba con consumirla por dentro. Podía sentir cómo le latía el corazón, en sincronía con el suyo propio. Nunca se había sentido tan cerca de alguien. Nunca había deseado tanto abrazar a alguien. Y no quería saber lo que eso significaba, así que era mejor no pensar, por lo menos no en ese momento.

Cuando la canción terminó, Zahir la soltó, demasiado pronto... Si hubiera sido posible congelar el tiempo, Katharine habría escogido ese momento.

–Necesito una copa –dijo a medida que salían del círculo–. ¿Y tú?

–Por mí podemos irnos ya.

La forma en que lo dijo, la mirada que tenía... Katharine se preguntó si se estaba refiriendo a la noche de bodas... en el sentido más tradicional de la expresión.

El corazón empezó a latirle con rapidez, y su sangre entró en ebullición. ¿Y si se refería a eso?

–Un... un momento –dio media vuelta y se dirigió hacia la mesa del ponche, saludando con la mano a unas chicas con las que había ido al colegio.

–¿Katharine? –una de las chicas, cuyo nombre no podía recordar, dio un paso adelante–. Ahora vas a vivir en Hajar, ¿no?

Katharine frunció el ceño.

–Claro que sí. Pero seguiremos viniendo de vez en cuando.

Zahir tenía que cumplir con sus obligaciones de regente.

–¿Y no tendrás que llevar velo allí?

Katharine sacudió la cabeza.

–No. Las mujeres no llevan velo en Hajar.

Una de las mujeres que estaba más atrás soltó una carcajada. Se llamaba Ann. Katharine recordaba su nombre y no era por cosas buenas precisamente.

–No es a las mujeres a las que habría que ponerles velo, ¿no?

Katharine se puso tensa. Una ola de rabia la recorrió por dentro. Hubiera querido darle una bofetada en la cara para borrar esa sonrisa estúpida, pero no quería hacer una escena en mitad del salón de baile.

–Si eso es lo que piensas de verdad, Ann, entonces es que no tienes ni idea de lo que es el sex appeal –le dijo en un tono suave, pero incisivo–. Y mi marido tiene muchísimo.

–En ese caso –le dijo Ann–. Será mejor que sepas mantenerle a tu lado. Recuerdo cómo eras en el colegio. Créeme, cariño, seguir las reglas no tiene nada de sexy.

Y una virgencita tímida como tú, y no tiene sentido fingir que no lo eres, lo va a tener muy difícil para mantener el interés de un hombre que ha... vivido tanto.

Katharine dio media vuelta y se topó con el pecho de Zahir. Él la agarró de los brazos con firmeza y la atrajo hacia sí. Lo miró a los ojos; negros pozos de furia... Todavía seguía con ella, pero no estaba contento... La cara de miedo de Ann era un poema.

–Si has molestado a mi esposa, tengo que pedirte que te marches. Y ni siquiera me voy a molestar en llamar a los guardias –dijo en un tono inflexible.

–No tiene importancia, Zahir –dijo Katharine. No estaba acostumbrada a que alguien la defendiera de esa manera, pero le agradecía mucho la intervención. Con él a su lado, el insulto de Ann ya no le hacía mella.

–¿Lista, *latifa*? –le preguntó él.

–Lista –dijo ella en un tono seguro, acariciándole el brazo ligeramente antes de salir del grupo de gente.

Cuando los invitados se dieron cuenta de que se marchaban, se alinearon a ambos lados del salón, formando una pasarela. Les tiraron pétalos de rosa. A medida que avanzaban hacia la puerta, Katharine empezó a sentir que Zahir se ponía tenso a su lado. El calor de la ira le abrasaba la piel. Las puertas se cerraron tras ellos... Él se mesó el cabello y se paró un instante. Sin mirarla, dio media vuelta y salió por la puerta que daba acceso a los jardines. Katharine se levantó la falda del vestido para que no se le estropeara y fue tras él, saliendo a la fría noche de Austrich.

–¿Zahir?

–Vete. Cámbiate. Descansa un poco.

–¿Qué pasa?

Él se giró. Sus zapatos machacaban la capa de hielo que cubría el suelo, haciéndola crujir. Esbozó una sonrisa sarcástica. La expresión de su rostro transformaba las cicatrices, exagerándolas.

–¿Es por lo que Ann dijo de ti?

–¿Es eso lo que piensas tú, Katharine? ¿Que soy tan superficial que ha conseguido herir mi orgullo?

–A mí me ha hecho daño el comentario.

–¿Por qué? No me importa lo que piense. Pero no me gustó el lugar en que te dejó... Te hizo daño.

–Sí. No me gustó nada lo que dijo de ti. Ni de mí.

–Casi perdí el control, Katharine. Hoy había conseguido tenerlo todo bajo control hasta ese momento. Me recordó algo que me dijo Amarah. No importa cuánto se alivien mis heridas... Nunca volveré a ser el hombre que era antes. Tenía razón. Por mucho que me esfuerce, nada va a cambiar. En realidad, no. Se apartó de ella y Katharine supo que la conversación había terminado.

–Sí que ha cambiado algo. Hace un mes no podrías haber entrado en ese salón sin haber sufrido un ataque de pánico. Eso se llama cambio, Zahir.

–Pero no es real. Eso no cambia el hecho de que podría perder el control en cualquier momento. En cualquier lugar, o situación. Y eso me da la certeza de que en cualquier momento puedo recaer... Vete a la cama –se dio la vuelta.

Katharine quería tocarlo, consolarlo, pero sabía que su cariño no sería bien recibido en ese momento.

–Estaré en nuestra habitación –le dijo en un tono tenso y se marchó.

Habían cambiado todas sus cosas a la habitación de él para la noche de bodas.

Katharine volvió a entrar en el palacio y pasó un rato deambulando por los pasillos vacíos, subió la escalinata de caracol que llevaba a la suite en la que Zahir se había alojado nada más llegar. Abrió la puerta de un empujón.

Se quitó los zapatos de una patada. Le dolía el empeine... Se sentó en el borde de la cama. El tejido grueso del vestido de novia se le arremolinaba alrededor de las caderas. Zahir... Su corazón lloraba por él, por los dos... Hubiera querido darle un puñetazo en la cara a Ann. Apoyó la barbilla en las palmas de las manos. Ni siquiera debía quedarse allí. Nadie se daría cuenta si volvía a su habitación. Hizo una mueca... Sí. El personal lo sabría. Y aunque no fueran mala gente, podían cometer alguna indiscreción en algún momento. Se tumbó en la cama. El vestido se extendía a su alrededor. La diferencia horaria, la boda... El mes y medio anterior... De repente todo se le cayó encima... Era como si el mundo hubiera dado una vuelta repentina... Cerró los ojos. Sintió que caía a través del colchón... Se sumió en un sueño profundo, provocado por el agotamiento, la pena...

Zahir entró en el dormitorio. Le dolían los dedos, del frío. Tenía la rodilla casi congelada y el dolor lo obnubilaba. A lo mejor tenía un poco de artritis, causada por las heridas y agravada por el frío. Rezó una vez más para no tener que volver a ese país de hielo. De repente se fijó en una silueta blanca y resplandeciente que estaba sobre la cama. Era Katharine, todavía vestida con su vestido de novia. El pecho se le encogió. Luchó por recuperar el aliento... En el salón de baile se había comportado con valentía. Había mantenido la frente bien alta. No se había dejado amedrentar. Por muy delicada que pareciera, había un núcleo de hierro en su interior... Se aflojó la corbata y se sentó en la silla más próxima a la cama. No podía ni imaginarse cómo sería dormir con un vestido como ese... Si la tocaba, si deslizaba las yemas de los dedos sobre su piel, aunque fuera el roce más leve, estaba perdido. Sería fácil. Podía despertarla con un beso, aprovecharse de la oscuridad, de su estado adormilado... Lo estaba deseando. Temblaba de deseo por ella. Estaba al borde del precipicio, tambaleándose al filo de la navaja. Su fuerza de voluntad estaba a punto de romperse como una cuerda tensa... Los sentimientos que ella despertaba eran desconocidos. Llevaba tanto tiempo muerto que no sabía qué hacer con esas sensaciones recién descubiertas. Katharine era dulzura, era luz... Él, en cambio, era oscuridad.

Capítulo 11

ALGUIEN gritaba. Era un sonido aterrador, colérico. Zahir abrió los ojos y se dio cuenta de que era él quien gritaba. Se apoyó en los brazos de la silla. Respiraba con dificultad. Sintió una mano fresca en la frente y la oscura habitación empezó a tomar forma.

–¿Te encuentras bien?

Era Katharine. Una vez más había hecho el ridículo delante de ella. Apretó los puños y se levantó de la silla. Ella se quitó de su camino. Zahir no podía verle la cara en la penumbra, pero tampoco quería que ella viera la suya, así que decidió no encender ninguna luz.

–Muy bien –mascculló–. Por lo menos no pasó durante la ceremonia, ¿no? Por lo menos no te avergoncé delante de todo el mundo, pero estuve cerca.

Ella se quedó allí de pie, con los brazos cruzados y la cabeza ladeada. Su rostro seguía oculto.

–¿Con qué sueñas, Zahir?

–Con gente. Y después oigo gritos, todo se vuelve oscuro, y nada más. Es esa «nada» lo que más me asusta –cerró los ojos–. Era como... no existir, durante horas. O a lo mejor solo fueron segundos. Pero era un vacío. Aislado de todo, incluso del dolor. A veces me da miedo verme arrastrado de nuevo.

Ella se arrodilló delante de él, le agarró las manos.

–No pasará. No puede pasar.

Él volvió a abrir los ojos y ella seguía allí. Tenía su rostro en la mente, y también delante de los ojos.

–Siempre me da miedo haberme perdido algo –le dijo con voz ronca–. Si hubiera prestado más atención aquel día. Podría haberlo parado. Me come vivo. Y siempre tengo que verlo todo, sintiéndome impotente. ¿Te he parecido lo bastante sincero?

–No te aprecio menos porque te afecte, Zahir. De hecho, lo que me sorprendería es que no te afectara.

–¿Por qué estoy yo vivo, Katharine, si todos los demás... están muertos? Eso es lo que no puedo perdonarme, lo que me carcome por dentro.

Ella dio un paso adelante.

–Por alguna razón, has dado por hecho que eras menos importante, menos valioso. Pero no es así.

–Lo dices con tanta seguridad.

–Porque te conozco.

–Me he preguntado si... –tragó en seco–. Tal vez haya sido un error.

–No lo será si no lo cometes. Mira todo lo que has hecho por Hajar. Has renovado la economía del país, has dado fuerza a tu gente... Y has ayudado a la mía.

–Es esta voz que tengo en la cabeza. Ya sabes lo que quiero decir. Tu padre. Él es la voz dentro de la tuya.

–Necesitamos nuevas voces.

–No te lo discuto.

Katharine volvió a la cama y se acostó por el lado izquierdo, apoyándose sobre el vientre, con un brazo por debajo de la cara. Él fue por el lado derecho y se tumbó. Contempló su cuerpo, perfilado por la luz de la luna. Volvió a sentir sueño y no tardó en dejarse llevar por el cansancio. En su mente no había otra cosa que no fuera el rostro de Katharine.

Katharine nunca hubiera podido imaginar que volver al asfixiante calor de Hajar fuera a ser un gran alivio. Pero lo era. Austrich era su hogar de muchas maneras, pero en Hajar era libre. Se preguntó dónde sería libre Zahir, si alguna vez lo era. La noche anterior, su noche de bodas, se había quedado dormido a su lado sin más. No había hecho ni el más mínimo movimiento, ni ademán de tocarla. Ella lo había deseado desesperadamente, había esperado que ocurriera...

–¿Tengo que...? ¿Qué se supone que tengo que hacer ahora? –le preguntó ella cuando entraron en el palacio de Hajar.

–¿Aquí?

–Sí.

–Seguir como siempre. Sin mover muebles, claro.

Pronunció las palabras sin el más mínimo toque de humor. Katharine sintió que el estómago se le encogía.

–No, claro que no.

–Podrías –dijo él en un tono contundente.

–¿Podría qué?

–Mover muebles si quisieras. Pero asegúrate de decírmelo primero. Tienes razón, Katharine. Este es tu hogar ahora. Y eso significa que tienes derecho a vivir en él. No eres una prisionera. Esto no es una cárcel.

–Gracias –dijo ella, poniéndose tensa de repente.

Él la miró un momento. Un músculo se contraía en su mandíbula. Levantó una mano, le sujetó la mejilla y la acarició. No se inclinó sobre ella para besarla, como ella esperaba que hiciera. Simplemente se lo quedó mirando. Katharine le cubrió la mano con la suya propia.

Las emociones la desbordaron; emociones que no quería sentir; emociones que no debía sentir. Pero las sentía. Y no quería identificarlas, aunque fueran como anuncios de neón en su subconsciente. Tenía que ignorarlas. Porque si no lo hacía... Zahir decía que no podía sentir amor, pero sí sentía placer. Ella sabía que sí. Había sentido su cuerpo, duro contra el suyo propio, y sabía lo que eso significaba. Sabía que él la deseaba tanto como ella a él.

Se apartó. No tuvo más remedio. Si continuaba tocándola de esa manera, terminaría haciendo algo atrevido y estúpido... algo que quería reservar para más tarde. Tenía un plan que poco a poco empezaba a tomar forma.

–A lo mejor salgo a caminar luego. He pensado ir al oasis.

–Si quieres –le dijo él, frunciendo el ceño–. No quiero que vayas sola.

–¿Por qué no vienes conmigo?

–Cuando termine en el despacho. Se me han acumulado algunas cosas mientras estuve fuera.

–¿Más papeles que firmar? Lo siento.

Él esbozó una media sonrisa.

–No tiene importancia. Tú tenías razón. Si estoy aquí, tengo que hacerme notar. Puede que ya no sea un soldado, no como lo era antes, pero todavía estoy aquí para proteger a mi país. A mi gente. Aún estoy aquí para interceder por ellos, aunque eso signifique estar sentado tras un escritorio, aprobando leyes.

–Adelante. A por ello –le dijo Katharine, llenándose de un extraño orgullo.

–Te veo después.

Katharine dio media vuelta y se marchó. Sí que le

vería. Tenía planes, planes importantes para él, planes que la hacían temblar de emoción.

Zahir no pudo evitar mirar cómo movía las caderas mientras caminaba delante de él. Se había vuelto a poner uno de esos vestiditos frescos que apenas la cubrían y llevaba un bolso bastante grande en las manos que botaba arriba y abajo.

–A lo mejor necesito algo de ayuda –dijo ella, señalando las enormes piedras que separaban el oasis del resto del desierto.

Él arqueó una ceja y fue hacia ella. Ella sonrió, de oreja a oreja.

–¿Ayuda?

Ella asintió.

–Solo un poquito. Solo... eh... ayúdame a mantener el equilibrio.

Se subió a una roca. Su libertad de movimiento se veía limitada por la falda del vestido. Él la sujetó de la cintura, para que no se cayera hacia atrás. Y mereció la pena... Tocarla de nuevo, sentir esa piel suave bajo las manos... Ignorando la excitación creciente que poco a poco se apoderaba de su cuerpo, subió a la roca tras ella y entró en el refugio que ofrecía el oasis. El sonido del agua reverberaba contra las rocas. El frescor que había allí nada tenía que ver con el calor asfixiante que los rodeaba. Katharine bajó el bolso que había llevado consigo. Se llevó las manos a la espalda y se soltó los tirantes del vestido.

–¿Qué haces?

–He pensado que podíamos nadar un poco.

–Tengo una piscina en el gimnasio.

–Lo sé –se meneó un poco y el vestido cayó a sus pies.

Debajo no llevaba más que un bikini amarillo claro que apenas la tapaba. Se inclinó y abrió la cremallera del bolso. Su expresión era culpable.

–Te he traído un bañador –le ofreció unos pantalones cortos oscuros.

Fue hacia el borde de la piscina natural y metió los dedos de un pie. Zahir, por su parte, se dio cuenta de que era inútil llevarle la contraria. Se quitó la camiseta. Miró por encima del hombro hacia ella. Ya estaba metida en el agua, avanzando hacia el centro de la laguna. Zahir se quitó los pantalones y se puso el bañador antes de que ella se diera la vuelta.

–¿No vienes? –le preguntó ella.

Él sonrió. En vez de decirle nada, bajó hasta la laguna y se metió en el agua rápidamente. Echó a nadar. A Katharine el agua le llegaba por el ombligo. Tenía los pezones duros como botones.

–¿Tienes frío? –le preguntó él.

Ella sacudió la cabeza.

–No exactamente. A decir verdad, tengo calor.

–Entonces métete del todo.

–Acercarme a ti no me resolverá el problema.

Él se puso erguido y empezó a caminar dentro del agua.

–¿Y eso qué significa exactamente?

Ella se aclaró la garganta.

–Lo siento. Esto no se me da muy bien. Quería decir que... estar cerca de ti... Eso es lo que me pone caliente. Verte así.

–¿Así?

–Casi desnudo. La primera vez... en el gimnasio... Me dejaste sin aliento.

–Las cicatrices, querrás decir –le dijo él, nadando hasta ella.

–Tus cicatrices son... –ella dio otro paso adelante. El agua le subió más–. Se ven dolorosas. En ese sentido, sí. Son muy feas. Pero no esconden ese cuerpo impresionante que tienes –se le pusieron rojas las mejillas.

Zahir empezaba a tener problemas para pensar con claridad. Tenía el cuerpo ardiendo y su corazón amenazaba con salírsele del pecho.

–Dijiste que ya habías visto bastante –le dijo él.

–Solo porque si veía más, sabía que iba a... hacer algo de lo que me terminaría avergonzando profundamente. Nunca había sentido algo así en toda mi vida.

–Pensaba que querías a mi hermano.

–Así no. Me preocupaba por él. Me puse muy triste cuando... Estaba triste, claro. Era un buen hombre, y creo que podría haber sido muy feliz con él. Pero nunca sentí pasión por él. Nunca le deseé, no como te deseo a ti.

–Pero él era... No tenía cicatrices. Y no hablo solo de las cicatrices que tengo en la piel.

–No son lo que veo cuando te miro, Zahir.

Ella se adentró más en la laguna y nadó sobre la superficie del agua hasta llegar hasta él. Se detuvo justo delante. Le dio un beso en el pecho, justo por encima del corazón, junto a una gruesa cicatriz de piel quemada.

–¿Me estás seduciendo?

–¿Está funcionando? –le preguntó ella. Sus ojos verdes hablaban tan en serio que a Zahir casi le dolía.

–Sí –dijo él. Su voz sonaba ronca, como la de un extraño–. Pero no sabes lo que me estás pidiendo, Katharine. Ni siquiera yo lo sé.

–Te estoy demostrando que aquí, a plena luz del día, en plenas facultades, quiero esto. Te quiero a ti. Te estoy diciendo que eres tan guapo que me cortas la respiración.

–Pero hay más que eso. Siempre, siempre me tengo que concentrar. Para mantener el control. Para no... perderme nada. Para que no pase nada.

Ella sacudió la cabeza.

–No. No tienes por qué hacerlo. Descansa. Conmigo.

Enredó una pierna con la de Zahir, por debajo del agua, haciéndole sentir un cosquilleo que le subía por el cuerpo. Él la agarró de la cintura, atrayéndola hacia sí. Su piel resultaba resbaladiza. La sensación era tan erótica que Zahir tenía miedo de perder el control allí mismo. Debía dar media vuelta, pero no podía. Ella le ofrecía su cuerpo, y mucho más. Le ofrecía descanso.

Inclinó la cabeza y tomó sus labios. La ola de calor que recorría su cuerpo era arrolladora. Estaba fuera de control y eso le hacía temerario. Sentir el roce de su piel de marfil le volvía loco... Ni siquiera esperó a que se rompiera la cuerda. Simplemente se dejó llevar, se dejó caer al abismo de deseo que acababa de abrirse frente a él.

Katharine sintió el cambio. Sus movimientos eran más fluidos, y su boca se había vuelto hambrienta. Sus manos se deslizaban y la tocaban con facilidad, ayudadas por el agua.

De repente la agarró del trasero y empezó a masajearla. Ella arqueó la espalda hacia él, dando rienda suelta al gemido que reverberaba por todo su cuerpo. Solo era capaz de pensar en el placer que Zahir le estaba dando. Él deslizó las manos hacia abajo, la agarró de un muslo y le subió la pierna. Apretó su erecto miembro contra ella y ella le sujetó con más fuerza, dejando escapar un jadeo.

–Zahir –le susurró, sabiendo que él querría oírlo de nuevo.

–¿Has traído algo? ¿Una manta? Te tumbaré sobre la arena si es necesario –murmuró él contra sus labios–. Pero me gustaría algo más suave para ti.

–He traído una manta –dijo ella, sonrojándose.

–Chica lista.

–Y a ti te encanta que lo sea.

–No es que me disguste.

La levantó del agua y la estrechó en sus brazos.

–En el bolso –dijo ella, señalando.

Él se inclinó, sin soltarla, y sacó la manta con pedrería que había tomado de su propia cama. La extendió en la arena y Katharine se sentó sobre las rodillas de inmediato, lista para él. Más que lista. Él se agachó con ella, sobre las rodillas, y la estrechó contra su pecho. Se detuvo un instante, le acarició la cara, le apartó el pelo de los ojos.

–No poder ver con claridad cuando hay tanta belleza que ver es mi mayor castigo.

Ella le agarró la otra mano y se la llevó hacia su propia cintura.

–Puedes usar todos los otros sentidos para ayudarte –susurró.

–Y lo haré, *latifa*, mi amor, lo haré.

Le acarició la cadera, y después los pechos, los pezones. Le soltó el nudo de la parte superior del bikini y dejó que cayera sobre la manta.

–Increíble –le dijo, abarcando sus pechos con las manos.

–Me siento como si te debiera algo –dijo ella, poniendo las manos sobre sus caderas y metiendo los dedos por dentro del elástico de su bañador. Tiró hacia abajo, pero la tela se atascó justo por encima de su erección.

–Maldita sea –dijo ella.

Él se rio.

–De acuerdo –puso sus manos sobre las de ella y la ayudó a bajarle los pantalones cortos.

–No te pasa nada en el cuerpo –dijo ella, estimulándole, masajeando su miembro arriba y abajo.

No se había dado cuenta de lo increíble que podía llegar a ser el cuerpo de un hombre.

Pero no era el cuerpo de cualquier hombre. Era Zahir. Nadie tenía ese efecto sobre ella. Estaba segura de ello. Él era especial. Era increíble. Y lo dijo en alto, para que él lo supiera.

Él le agarró la mano, la hizo detenerse.

–Todavía no habrá... Cuando Alexander llegue a la mayoría de edad...

Ella bajó la vista.

–Lo sé.

–No tengo nada para ti, Katharine.

Ella volvió a masajearle.

–Eso no es cierto.

Él echó atrás la cabeza y se dejó llevar. A Katharine se le aceleró el corazón. De pronto sintió un arrebato de poder embriagador que iba unido a la excitación. Estimulándole también se estimulaba a sí misma. Él empezó a mover los dedos sobre la braguita de su bikini. Los metió por dentro del elástico y empezó a tocar su piel húmeda. Ella lo miraba mientras le daba placer.

Cuando ya estaban jadeantes, Zahir le desató el bikini y le dio un beso en los labios. La empujó hacia abajo y se puso sobre ella, sin dejar de mirarla ni un segundo. Deslizó una mano sobre su cuerpo, recorriendo todas sus curvas, su entrepierna... Empezó a masajearla. Su tacto era como una chispa, como fuego en el desierto.

–Tengo que asegurarme de que estés lista –le dijo él, metiendo un dedo dentro de ella.

Ella asintió y se arqueó contra él, clavando los talones en la manta. Él introdujo un segundo dedo y empezó a frotarla, hacia dentro y hacia fuera. La sensación era tan intensa, que Katharine no sabía si iba a ser capaz de soportarla.

–Estoy lista –le dijo, abriendo las piernas.

Él buscó su mirada y entonces se colocó entre sus muslos. La gruesa punta de su miembro erecto la empujaba, cada vez con más fuerza, dándole tiempo para adaptarse.

Ella se aferró a sus hombros, clavándole las uñas. Él emitió un sonido gutural y entonces empujó con todas sus fuerzas, penetrándola por completo. Y entonces Katharine ya no pudo pensar más, porque él empezó a moverse dentro de ella de la forma más increíble, llevándola a cotas aún más altas de excitación y placer, llevándola a un nivel superior, desconocido.

Lo agarró de la espalda, deslizó las manos sobre su piel. Sentía las cicatrices bajo las yemas de los dedos. Era su Zahir... Empezó a mover las manos arriba y abajo por su trasero, atrayéndole hacia sí más y más, recibiendo su embestida. Él empujaba y empujaba y así creaban una cadencia que los hacía moverse en sintonía bajo el tórrido sol del desierto. Una sensación apabullante empezó a crecer dentro de Katharine. Quería gritar, pero estaba paralizada, aferrándose a la última pizca de autocontrol. Y entonces todo saltó por los aires. Un placer y una satisfacción inmensos cayeron sobre ella como una ola gigantesca, saciándola, calmando su sed.

Zahir sintió que el clímax también llegaba para él. Todo se desvaneció a su alrededor, excepto ella. Pero no tenía miedo, porque Katharine era lo más preciado que tenía, lo más hermoso. Ella le llenaba por completo. Y cuando por fin llegó, recibió con gusto esa descarga de placer. Una llamarada abrasadora le recorrió las venas y le subió hasta la cabeza, sacudiéndole una y otra vez.

Cuando terminó, estrechó a Katharine entre sus brazos y la vio sonreír... Un segundo más tarde estaba dormida.

Paz.

–Es tarde.

Katharine abrió los ojos. El aire se había vuelto frío de repente. Era de noche. Se acurrucó contra el pecho de Zahir. Él le agarró la mano y le dio un beso en la palma.

–¿No crees que deberíamos volver, gatita mía?

Ella se echó a reír.

–¿Gatita?

–Bueno, tengo los arañazos que lo prueban.

Ella rodó sobre sí misma y se acostó boca arriba. Se tapó la cara con las manos.

–Lo siento.

–Pues yo no.

–Simplemente increíble –dijo ella, contemplando el cielo. Las estrellas empezaban a aparecer, como purpurina sobre un manto de terciopelo.

–El desierto es un sitio completamente distinto por la noche.

Katharine se puso de lado.

–No me refería al desierto. Me refería a ti.

–Katharine...

–Oh, vamos, Zahir. ¿Desde cuándo rechaza un hombre un cumplido sobre su potencia sexual?

–Hace tanto tiempo. No recuerdo lo que solía decir a modo de respuesta.

Katharine sintió que se le encogía el corazón. Se preguntaba si había habido alguna mujer desde el ataque, desde Amarah...

–Solía ser fácil. Un poquito de sexo no tenía nada de malo. Yo era un hombre con dinero y poder, y a las mujeres les encanta. No era superficial, pero... Era apuesto, y ellas me deseaban. Todo era tan sencillo.

–Podrías haber seguido teniendo a todas las mujeres que quisieras, Zahir. Eso tienes que saberlo.

–¿Pero por qué iban a estar conmigo, Katharine? ¿Por qué razón?

–Por placer –dijo ella.

–A lo mejor. ¿O sería porque piensen que no pueden rechazar a la bestia de Hajar, porque no pueden decirle que no al jeque? Antes nunca preguntaba por qué. Simplemente aceptaba lo que me ofrecían. Pero ahora... Me pregunto por qué decían que sí entonces –se rio–. Estar solo te da demasiado tiempo para pensar.

–No sé por qué dijeron que sí las otras mujeres, pero yo no solo dije que sí, Zahir. Te lo di todo. Lo hice porque te deseo. A ti, con cicatrices o sin ellas. Te quería a ti con tus cicatrices. No me asustan. No me molestan. No me parece que seas menos hombre por tenerlas. En realidad creo que te hacen más hombre.

Él guardó silencio. Escudriñó el cielo un momento.

–Las mantuve lejos de mí porque tenía miedo de mí mismo, de lo que podría hacer, de lo que pudiera pasar. Pero cuando me tocaste esta vez, supe que todo estaría bien.

Katharine sintió que se le encogía la garganta. El pecho le dolía.

–Tenemos que volver –dijo él, con la voz tomada por la emoción.

Ella sabía que se arrepentía de haberle sido tan franco, pero ella no se arrepentía de haber oído todas esas cosas.

–Muy bien –asintió con la cabeza.

No quería volver. Quería quedarse en el oasis con él, bajo ese manto de estrellas. Era el oasis de la esperanza, y tenía miedo de que todo se esfumara en cuanto salieran de allí. Sabía por qué había dicho que sí. Estaba enamorada de Zahir. Esa revelación repentina la hizo sentirse como si el corazón se le fuera a salir del pecho. Desde el principio había sabido que estar con Zahir conllevaba un riesgo... El riesgo de acabar con el corazón roto... Pero tampoco había imaginado algo así. No había imaginado cómo sería estar enamorada de un hombre que jamás querría su amor, alguien que jamás la correspondería...

Capítulo 12

ZAHIR durmió muy mal esa noche. Imágenes de Katharine, de su cuerpo, su aroma, lo habían asediado hasta el amanecer. Al regresar del oasis, la había dejado irse a su habitación... En realidad se había sentido un poco culpable... Ella era virgen y no quería agobiarla demasiado ese día. A lo mejor era pedirle demasiado a su cuerpo... Además, no la quería en su cama, escuchando sus sueños. No quería arriesgarse a hacerle daño si sus pesadillas se volvían violentas. Sin embargo, esa noche los sueños terribles no llegaron. No sabía qué significaba eso. Se levantó de su escritorio y estiró los músculos lentamente. Dobló la rodilla para asegurarse de que estaba en forma. Siempre era mucho peor después de un periodo de inactividad. Le fallaba un poco el equilibrio, pero podría arreglárselas. Solía pensar que su nuevo cuerpo era como una celda, un lugar en el que estaba encerrado, algo ajeno, extraño. No era realmente él.

De repente se dio cuenta de lo falso que era todo eso. No le gustaba sentirse limitado. No le gustaba parecer un monstruo, tener un ojo a través del que apenas veía. Odiaba la cojera. Odiaba esos flashbacks. Pero era su cuerpo... En cuanto entró dentro de Katharine, en cuanto sintió la ola de placer que le cubría por completo, diferente a todo lo que había sentido hasta ese momento, lo supo con certeza. Era su cuerpo. No era un lugar en el que su alma estaba encerrada. Y eso significaba que nunca se libraría de él. Nunca sería libre. Y por ello tenía que dejar de perder el tiempo como si eso fuera a pasar algún día. De repente alguien llamó a la puerta del despacho. Era Rafiq, su asistente personal, el hombre que salía a comparecer en público en su lugar la mayoría de las veces.

–Me alegra oír que la boda ha ido tan bien –le dijo con una sonrisa–. Siento no haber podido asistir.

–No hay problema. El nacimiento de tu hijo era mucho más importante –por un instante, Zahir se preguntó cómo sería tener hijos propios. Cuando era joven siempre había dado por sentado que algún día los tendría.

–La gente quiere verte a ti y a tu esposa.

–Han tenido la suerte de no tener que verme durante los últimos cinco años. No creo que quieran cambiar eso ahora. Ya sabes lo que dicen, lo que piensan.

–Pero sí que quieren verte. Estás en las revistas de toda Europa. Una boda real. El jeque y su princesa.

–La Bella y la Bestia. Ya he visto los titulares... Aunque, curiosamente, me he dado cuenta de que si me dieran a elegir entre burlas y elogios, me quedaría con las burlas.

–Eso solo podrías decirlo tú, amigo mío.

–¿Y qué quieres que haga, Rafiq?

–La princesa Katharine y tú tenéis que comparecer. Una fiesta sería una buena elección. Así la gente se sentiría parte de los festejos.

–No fue mi intención que no se sintieran parte de ello.

–Pero ha sido así.

–Eso es...

–¡Oh! –exclamó Katharine de repente. Estaba en el umbral, mirando a Rafiq y a Zahir–. No sabía que estabas ocupado.

–Soy Rafiq, su consejero. Mi esposa acaba de dar a luz. Es por eso que no hemos tenido oportunidad de conocernos antes.

Katharine lo saludó con un gesto tenso.

–Encantada de conocerte.

Rafiq se puso en pie y le ofreció su mejor sonrisa. Aunque Zahir sabía que Rafiq jamás miraría a una mujer que no fuera su esposa, no pudo evitar sentir una punzada de celos. Rafiq siempre había sido un hombre apuesto. Las mujeres siempre se lo decían. Se preguntaba si Katharine estaría de acuerdo...

–Estoy intentando convencer a su marido de que debe hacer una celebración para el pueblo de Hajar. Hay fotos de la boda en todos los medios europeos, y la gente de aquí siente que ha quedado relegada a un segundo plano.

Katharine miró a Zahir.

–No podemos dejar que piensen eso.

Zahir apretó el puño.

–Oh, no, ¿pero quieres que piensen que su gobernante es un lunático?

–En la boda te fue bien.

Rafiq miró a Zahir.

–De acuerdo. No he estado presente. Pero solo te estoy diciendo lo que he oído.

El pueblo de Hajar llevaba cinco años sin querer verle, tejiendo leyendas y especulando con su vida y muerte... Sin embargo, esa vez no tenía elección. Tenía que hacer cambios. Esa sería la prueba más dura. Pero iba a conseguirlo. Ya no cumplía sentencia dentro de su propio cuerpo.

–¿Cuándo empezamos a prepararlo? –le preguntó a Katharine.

Ella miró a Rafiq y después volvió a mirarlo a él.

–Creo que podríamos preparar algo para el próximo fin de semana, si lo hacemos rápido.

–Estupendo –dijo Rafiq–. Podemos hacerlo en la plaza.

Zahir tragó con dificultad.

La plaza... El epicentro, el corazón de la ciudad... Allí se celebraban todos los festejos, allí habían tenido lugar los ataques... Pero ya estaba cansado de vivir con miedo.

–Bueno, pues empecemos cuanto antes.

Afortunadamente, Katharine no tuvo que ocuparse más que del menú y de dar el visto bueno a los diseños de Kevin. El modisto parecía empeñado en transformarla en icono de la moda, una especie de jequesa moderna y vanguardista. Los diseños eran todos gloriosos y le había resultado bastante difícil decantarse por uno. La comida también era exquisita... Se había encontrado con los platos favoritos de Zahir... y con los suyos... A lo mejor el chef se acordaba, o a lo mejor había sido Zahir quien lo había pedido... Suspiró. Zahir apenas parecía recordar que estaba viva. Ni siquiera parecía recordar que habían hecho el amor. No había vuelto a tocarla desde aquella noche... Los festejos tendrían lugar al día siguiente, pero ni siquiera sabía qué pasaba por su mente, lo que sentía... Cuando Rafiq había sugerido la idea no había caído en la cuenta. Pero después, oyendo hablar a los empleados, lo había comprendido todo.

Era la misma plaza. Iban a pasar por el lugar de los ataques, en coche... No sería solo una demostración de amor hacia el pueblo de Hajar, sino también una demostración de fuerza.

Sabía que para él sería todo un tormento.

–No va a venir a buscarte para sincerarse –dijo, hablando sola.

No. Si alguien iba a sincerarse, sería ella en todo caso. Se levantó de la cama al tiempo que se abría la puerta de su habitación. Y allí estaba Zahir, con la camisa medio desabrochada, el pelo revuelto, descalzo...

–Katharine... Mañana... Tengo que ser fuerte mañana.

–Lo serás.

–¿Y si no es así?

–Nunca te he visto ser otra cosa. Has tenido que soportar demasiadas cosas en la vida.

–Pero eso es lo que se espera de mí, así que tengo que seguir adelante. Y tengo que hacer esto.

Ella fue hacia él, puso la mano sobre su rostro, sobre las cicatrices. Movió las yemas de los dedos sobre la piel arrugada, sobre el labio cortado por la fea cicatriz. Tenía el corazón en la garganta. Sentía que se iba a echar a llorar en cualquier momento.

–Vas a hacerlo, porque eres el hombre que tenía que estar aquí. Eres el hombre que tiene que hacerlo –cerró los ojos y le dio un beso en la mejilla, encima de la cicatriz.

Él se estremeció, así que volvió a besarlo, en la comisura, en la barbilla, en el cuello.

–No, Katharine.

–¿No me deseas? –le preguntó, levantando la cabeza.

Él soltó una carcajada triste. Katharine sintió que se le encogía el corazón. Era como si alguien le hubiera sacado toda la sangre de las venas.

–¿Pero cómo puedes desearme?

–¿Por qué? ¿Porque soy guapa? Para mi padre esa es mi única baza. Estaba seguro de que te casarías conmigo porque soy hermosa. Pero, ¿a ti qué te parece? ¿Realmente es una baza? ¿Debería sentirme superior porque nací así? No lo creo.

–Yo también nací así.

–Y todavía eres así. Sexy –le puso una mano en el pecho, le abrió la camisa desde los hombros y se la quitó. La tiró al suelo.

Él se apartó de ella.

–Lo eres –dijo ella–. Cuando te miro, tiemblo por dentro. Y no es miedo. Es algo... eléctrico... Es... deseo. Tan profundo que me parece que nunca llegaré al fondo.

Le puso la mano en el pecho de nuevo; esa vez con más firmeza. Zahir se sintió tentado de apartarse, pero no fue lo bastante fuerte. No podía negar el deseo que corría por sus venas. La agarró de la muñeca y tiró de ella. Capturó sus labios y le dio un beso feroz, desesperado.

La besó como un hombre que acababa de encontrar agua en el desierto. Él era ese hombre. Había vagado durante muchos años, sin sentir nada, pensando que no necesitaba nada, que no había remedio para él. Pero entonces se topó con un oasis, Katharine. Su oasis, su esperanza...

–Te necesito –le dijo con voz ronca. Nunca había pronunciado unas palabras tan sinceras.

–Y yo a ti –dijo ella.

Zahir no entendía cómo. A lo mejor se refería a algo sexual... Pero él hablaba de algo más profundo, algo que no podía nombrar o comprender. Le tiró de la cremallera del vestido, pero no se movió más que unos milímetros. Volvió a tirar, pero fue inútil. Emitiendo un gruñido, agarró la tela a ambos lados de la cremallera y tiró con fuerza, desgarrando el tejido. Dejó que el vestido cayera al suelo y contempló el cuerpo desnudo de

Katharine. No llevaba sujetador. Solo llevaba unas braguitas diminutas. Tenía los pezones duros, maduros, perfectos...

Le puso una mano en la espalda y la atrajo hacia sí. Se detuvo un momento para contemplarlos, rosados y jugosos... Ella contuvo el aliento y arqueó la espalda, acercando el pecho a los labios de él.

–No me quejo. No tienes que esconder nada de mí.

–Trato hecho –le mordió un pezón.

Ella gimió.

–Siempre y cuando no te guardes nada –añadió.

–No lo haré –dijo ella.

–Túmbate en la cama –le dijo él.

Ella hizo lo que le pedía, retrocediendo hacia el borde de la cama, sin dejar de mirarlo. Él fue hacia la pared más alejada y apagó la luz.

–No –dijo ella–. La luces encendidas.

Él vaciló un momento, pero entonces volvió a encenderlas.

–Mucho mejor –ella sonrió, contenta de salirse con la suya.

Sentándose en el borde de la cama, se quitó las braguitas. Él hizo lo propio con los calzoncillos y fue hacia la cama.

–Espera –dijo ella. Tenía la piel ardiendo, las mejillas sonrosadas–. Solo quiero mirarte un momento.

Zahir no podía hacer otra cosa que mirarla, contemplar su cuerpo perfecto. El corazón casi se le salía del pecho, y su miembro viril palpitaba en sincronía.

Ella retrocedió un poco y se tumbó en la cama, reclinándose sobre las almohadas que estaban contra el cabecero. Con los ojos fijos en él, empezó a tocarse la entrepierna. Zahir creyó que el corazón se le iba a parar.

Katharine se mordió el labio. Dejó escapar un jadeo.

–Con solo mirarte, Zahir... Tengo ganas de... –respiró profundamente.

Casi de forma instintiva, Zahir empezó a tocar su propio miembro erecto, frotándose, tratando de aplacar el ansia que lo consumía por dentro.

–Mucho mejor –dijo ella.

Él se quedó mirándola, cautivado, embelesado. Ella deslizaba las yemas de los dedos sobre su propio cuerpo, observándole en todo momento. Respiraba trabajosamente. Tenía los pezones erectos y su estómago se expandía y se contraía con cada bocanada de aire que tomaba. De repente empezó a tocarse un pecho. Zahir sintió que el corazón se le paraba un instante, y entonces empezó a latir el doble de rápido. Se frotó de nuevo, tratando de frenar las cosas un poco. No quería terminarlo todo antes de llegar a tocarla siquiera, tal y como ella se estaba tocando a sí misma.

–¿No vas a venir aquí? –le preguntó ella. Su voz sonaba ahogada, embebida de excitación.

–No me lo pidas dos veces.

Fue hacia la cama y puso su propia mano sobre la de ella, sobre su pecho, entre sus piernas... Ella sonrió y quitó las manos. Le dejó tomar el relevo. Él tomó su pezón entre el pulgar y el dedo índice y tiró suavemente. Empezó a palpar sus labios más íntimos con la otra mano. Estaban húmedos y calientes. Empezó a mover las dos manos en sincronía, frotándola arriba y abajo. Ella lo agarró del antebrazo; echó atrás la cabeza. El rubor de sus mejillas se hizo más fuerte. No era de vergüenza, como él había pensado en un primer momento. Era deseo.

–Zahir, ahora, por favor.

Él cambió de postura. Se puso de rodillas frente a ella, le sujetó un muslo contra su propia cadera y la penetró. Su gruñido de placer fue recibido con un gemido.

Ella empezó a mecerse contra él. Sabía cuál era el ritmo perfecto para que ambos obtuvieran placer. Él flexionó las caderas y empujó con todas sus fuerzas. Ella arqueó la espalda, siguiendo el movimiento y agarrándolo de los antebrazos. Él la agarró del trasero, sujetándola con fuerza, asegurándose de que cada embestida llegara adonde tenía que llegar. Podía sentir cómo se contraían y se expandían sus músculos más íntimos alrededor de su propio miembro viril. Estaba lista para llegar a lo más alto, al igual que él. Un cosquilleo de sensaciones lo recorrió de arriba abajo. Aceleró el ritmo. La miró. Ella entreabrió los labios. Sus ojos estaban velados por el placer, observándolo, contemplándolo. Confiaban en él.

Zahir sintió que el corazón se le encogía, junto con el resto del cuerpo. Y cuando el orgasmo lo sacudió por dentro, todo su corazón se abrió, derramando emociones por doquier. Se perdió en ella... Fue como si todos los sentimientos del mundo, éxtasis, desesperación, oscuridad y luz, hubieran caído sobre él de golpe. La miró a los ojos y atravesó la tormenta con ella. No apartó la vista hasta que el fuego que lo consumía quedó reducido a un puñado de ascuas.

Más tarde, con la palma de la mano apoyada sobre su fría mejilla, buscaba una explicación a todo lo vivido. Todo había cambiado en él. Y no sabía lo que eso significaba... Lo único cierto era que esa noche iba a dormir con Katharine en los brazos, como debía ser. Le apartó el pelo de la cara y le dio un beso en la frente.

–Es cierto que eres preciosa –le dijo suavemente–. Pero no es tu belleza lo que necesito. Te necesito a ti.

Zahir abrió los ojos de nuevo cuando la luz de la mañana se colaba a borbotones por las ventanas. Había dormido bastante. Pero no recordaba nada. Ni imágenes, ni sueños, nada. Miró a Katharine, acurrucada a su lado. La noche anterior había sido... No lo sabía. Pero algo había cambiado. Los festejos de la boda eran ese día. Y no estaba lleno de miedo. Se sentía como nuevo. Ya no sentía las garras del pánico en la espalda, recordándole que podía fracasar. Todo saldría bien. Lo haría por Hajar. Por Katharine.

Lo haría sin más.

Ese día el fracaso no era una opción. De repente se dio cuenta de que esconderse en el palacio para evitar lo desconocido era un error. Quería despertar a Katharine, solo para decírselo, porque ella lo entendería todo. La tocó en el hombro y ella se estremeció.

–Zahir –susurró–. ¡No! –rodó sobre sí misma y se incorporó.

–¿Te encuentras bien? –le preguntó, poniéndole las manos sobre los hombros para contener sus temblores.

–Yo... Oh... He tenido un sueño horrible. Como me dijiste. Toda esa gente. La oscuridad. Fue... –se tocó el pecho–. Estás a salvo –tragó en seco–. Eso es bueno.

Él le tomó las manos, sintiéndose culpable de repente. ¿Qué le había hecho? ¿Qué le había metido en la cabeza? Él había dormido, y había sido ella quien había soportado su tormento.

–Vístete –le dijo. Tenemos un día largo por delante –la miró a la cara.

Aquellos preciosos ojos verdes, siempre luminosos, estaban turbios, llenos de sombras.

Zahir apretó los puños y se apartó de la cama. Recogió sus pantalones del suelo.

–Te veo luego.

Ella asintió y se tapó hasta el pecho con la sábana. Él dio media vuelta y se marchó.

Capítulo 13

NO TE preocupes. Me he puesto mucho protector solar.

Zahir dio media vuelta justo a tiempo para ver entrar a Katharine en el vestíbulo del palacio. Llevaba un hombro desnudo y el otro cubierto por un vaporoso drapeado con pedrería verde que resaltaba su piel de marfil y su pelo dorado. Le habían decorado los brazos con arabescos de henna que simulaban viñas y flores; una tradición para las novias de Hajar. Se veía tan exótico en ella.

–Espero que sí –le dijo–. Y espero que llevaras mucho aquel día en el oasis.

Ella se sonrojó y, por un momento, él se sorprendió.

–Sí. Si no me hubiera puesto protector solar, te habrías dado cuenta, porque hubiera terminado pareciendo un rábano al final del día.

Él la miró un momento, maravillado ante tanta belleza natural, sencilla.

–Eres preciosa, Katharine. Pero no fue tu belleza lo que me hizo aceptar casarme contigo. Fueron los argumentos que me diste. Sabías lo que querías, lo que necesitabas, y fuiste a por ello. Eso yo lo respeto mucho.

Katharine sintió lágrimas en los ojos. Tragó con dificultad.

–Gracias.

–Es la verdad –Zahir se encogió de hombros y dio media vuelta.

Ella lo miró fijamente; arrugó los párpados... Llevaba toda la mañana comportándose de un modo extraño.

–Bueno, me gusta oírlo –Katharine contempló su perfil, la pose rígida de sus hombros–. Tú tampoco estás nada mal.

–Esto es una celebración –le dijo él, dándose la vuelta.

La fría luz que iluminaba sus ojos oscuros la hizo sentir un nudo en el estómago.

–Vamos a celebrarlo.

La limusina avanzó por la plaza abarrotada hasta llegar al centro. La multitud estaba detrás de las barreras. Había seguridad delante y detrás del coche. Todo parecía seguro, pero Katharine no podía evitar mirar a Zahir, buscando signos de agobio, estrés. Su corazón palpitaba a toda velocidad, las palmas de las manos le sudaban. Nada podía ser más aterrador para él que la situación en la que se encontraban.

–¿Qué pasa ahora? –preguntó ella a medida que la limusina avanzaba hacia un espacio despejado, justo detrás del enorme escenario que habían montado en la parte de atrás de la plaza.

–Voy a dar un discurso –dijo él.

–¿Delante de todos?

Él esbozó una sonrisa desganada.

–El riesgo de la vida del político.

–Y lo vas a hacer ahora. Vivir como un político, quiero decir.

–Eso es lo que tengo que hacer.

Katharine sintió que se le encogía la garganta. Le

ofreció la mejor sonrisa que pudo dibujar. Sentía que las lágrimas no tardarían en llegar. Asintió con la cabeza, porque no había nada que decir. Estaba demasiado llena de orgullo, de emociones... No le salían las palabras.

El conductor se acercó y les abrió la puerta. Zahir bajó y le ofreció una mano.

–¿Vienes conmigo?

Ella le agarró la mano y salió del vehículo. Juntos se dirigieron hacia el escenario. El bullicio de la multitud recordaba a un panal de abejas. Katharine sintió mareos. Las celebraciones no eran tan ruidosas en Austrich, pero le gustaban más las de Hajar. Había tanta alegría, y todo era por Zahir.

–Adelante –le dijo a él cuando llegaron al pie de la escalera.

La miró un instante. Le soltó la mano y siguió hacia el escenario. Ella le siguió con la mirada. Estaba tan tensa que le costaba respirar. En cuanto Zahir subió al podio, la multitud se calló. Todos los ojos estaban puestos sobre la bestia de Hajar. Habló en árabe, pero Katharine hizo todo lo posible por entender con sus rudimentarios conocimientos de la lengua.

–Ha habido una nube negra sobre nuestro país durante mucho tiempo. Algunos dirán que yo mismo era esa nube negra. Pero ya no es así. Somos un país fuerte, lleno de gente fuerte. Todos perdimos mucho aquel día, cuando vimos en peligro nuestra libertad, nuestra felicidad. Pero hemos salido fortalecidos. Sí. Tenemos heridas que lo demuestran.

La multitud gritó y le ovacionó, pero él siguió adelante.

–Pero somos más fuertes, por ellos. Y vamos a seguir adelante hacia el futuro, sin olvidar a aquellos a los que perdimos, pero tampoco nos olvidaremos de vivir. Porque nos han dado un regalo. Nosotros seguimos aquí. Y lo más importante ahora es lo que hagamos con esa vida. Eso es algo que he aprendido de vuestra jequesa, mi esposa, Katharine Rauch.

Katharine se enjugó las lágrimas. Zahir acababa de hacerle un gesto para que se reuniera con él en el podio. Parpadeó rápidamente y subió los peldaños, saludando a la multitud con la mano.

Zahir le tomó la mano y la multitud gritó con más fuerza. Estaba listo para dirigir a su pueblo de una forma completamente nueva. Había subido a ese escenario como la bestia, pero iba a bajarse como rey, el rey de Hajar.

El cariz de los festejos de Hajar fue completamente distinto a la pompa de la ceremonia en Austrich; un baño con aceites aromatizados, flores de jazmín, parafina caliente en las manos y los pies para suavizarlos... Las mujeres habían pasado horas pintándole el cuerpo con henna. Tenía los dibujos por todo el cuerpo.

«Para el jeque...», había dicho una de las mujeres con una sonrisa cómplice.

Estaban sirviendo el bufé; más comida de la que Katharine había visto jamás. La gente comía y reía... Disfrutaron de la actuación de una orquesta y de una bailarina de danza del vientre. La mujer era como una sirena, con una larga cabellera negra que apenas le cubría los pechos. Sus caderas se movían a un ritmo sensual, en sincronía con la música. Era casi como si estuviera dirigiendo la orquesta, como si su cuerpo los guiara. Katharine se inclinó hacia Zahir, que estaba sentado a su lado. Le puso la mano sobre el muslo, por debajo de la mesa.

–¿Y si aprendo a bailar así?

Él se volvió hacia ella de golpe. Su expresión era casi fiera. Ella esbozó una sonrisa seca.

–No delante de otra gente. Solo para ti.

–Podría ser una buena idea –le dijo él, deslizando las yemas de los dedos sobre su muslo, yendo más y más arriba.

–Eso pensaba yo.

Le encantaba sentirse poderosa ante él... Era tan fuerte, tan vigoroso, tan hombre... Y respondía al tacto de sus manos. La sensación era casi embriagadora. La hacía sentir bien.

–Creo que es hora de estar a solas con mi esposa.

Katharine supo que ese día tendría su noche de bodas.

Ya de vuelta en su habitación, encendió todas las velas que pudo encontrar y las puso sobre unos soportes adornados. La estancia se llenó de un resplandor dorado. Era perfecto para lo que tenía en mente. Zahir ya estaba tumbado en la cama, mirándola. Parecía relajado, pero ella sabía que había algo más. Tenía todos los músculos tensos, listos para entrar en acción en cualquier momento, listos para caer sobre ella. Y no era mala idea... Siempre tenía sed de él.

–Baila para mí ahora –le dijo él, con los ojos brillantes a la luz del fuego.

Ella sonrió y movió las caderas.

–¿Así?

Por alguna razón, no le daba vergüenza hacerlo delante de él. Él la hacía sentirse... auténtica. Simplemente era Katharine, por primera vez en toda su vida.

–Más.

Volvió a menearse y entonces se rio.

–Muy bien. No tengo ritmo.

–Tienes un ritmo estupendo. Quizá no sepas hacer la danza del vientre, pero tienes muy buen ritmo.

Ella se bajó la cremallera del vestido, observándole en todo momento.

Los tendones de su cuello se tensaron como cuerdas cuando la vio deshacerse del vestido. La prenda cayó a sus pies, descubriendo así todo el trabajo de henna que le habían hecho en el cuerpo. Las parras le subían por las piernas, creando una imagen de lo más provocativa que no le dejaba mirar hacia otro lado.

–Me deseas, ¿verdad? No soy una más.

Él se apoyó sobre las rodillas.

–Eres mi *latifa*, la más bella. Katharine, es algo más que piel. La belleza es mucho más compleja que eso. Eres tú, solamente tú. Es a ti a quien quiero. Llevaba años sin responder a nadie de una manera sexual. Casi había llegado a pensar que había perdido esa parte de mí. Pensaba que esos deseos habían desaparecido por completo. Pero entonces apareciste tú. Y yo tenía miedo... miedo de perder el control... Pero cuando pierdo el control contigo, solo hay libertad. Hay belleza y más belleza. Tú eres la única a la que deseo.

Fue hasta el borde de la cama y le rodeó la cintura con el brazo. Se inclinó hacia ella. Le dio un beso en el muslo y deslizó la lengua por encima.

–Vamos, *latifa,* déjame demostrarte lo mucho que te deseo.

Y mientras la besaba, la penetró, susurrándole palabras que solo eran para sus oídos... El placer se cernía sobre ella como una lluvia de chispas... Un sentimiento dulce empezó a propagarse por su interior; era algo que iba más allá de lo meramente físico, más allá de su amor por él.

–Katharine –susurró él.

Y en ese preciso momento ella sintió que no tenía que esforzarse para ser extraordinaria. Con Zahir, solo tenía que «ser».

–Zahir.

Lo llamó entre sueños. Él la contemplaba con atención, veía cómo se le enfurruñaba el ceño, cómo temblaba su cuerpo. Estaba asustada. Por él. Tenía miedo de él. Le puso la mano sobre la frente. Ella se calmó un poco. Esa emoción que le había golpeado la noche anterior... Había vuelto a sentirla, mientras le hacía el amor. En realidad, nunca había dejado de sentirla... La amaba, con toda su alma. Amaba a Katharine. Estaba dispuesto a dárselo todo. Pero nunca sería suficiente. Además, no le estaba dando más que pesadillas y tristeza a cambio. Sus propios demonios la estaban cercando, asediándola en sueños.

Era una locura. Era egoísta. Estaba dispuesto a pasar por todo de nuevo, si con eso conseguía liberarla. ¿Cómo iba a seguir robándole la vitalidad? ¿Cómo iba a atormentarla cuando ella solo le ofrecía descanso y paz? No podía hacerle eso...

Cuando Katharine se despertó a la mañana siguiente, la cama estaba fría. Las velas se habían consumido del todo y se habían convertido en amorfos charcos de parafina sobre sus soportes. Zahir estaba de espaldas, mirando por la ventana. El sol estaba saliendo, tiñéndolo todo de un color naranja.

–Cada día doy gracias por no haber perdido la vista en los dos ojos.

Katharine se incorporó. Dejó que las mantas cayeran a su alrededor.

–¿Cada día?

–No hay día que no piense en ello. No paso ni un día sin pensar en todo lo que podría haber perdido –se volvió hacia ella–. Hubiera sido una pena no volver a ver tu rostro.

Su voz sonaba extraña, en guardia. No se parecía al hombre con el que se había ido a la cama la noche anterior.

–Si quieres volver a Austrich, puedes hacerlo.

–¿Qué?

–No te necesito aquí. Cuando hicimos este acuerdo, pensé que podría... Pero... Ya has comparecido. Tendrás que venir periódicamente, pero mi pueblo entenderá que debes atender tus obligaciones en casa, sobre todo con el estado de salud de tu padre.

Katharine se sintió como si acabaran de darle un puñetazo.

–¿Pero qué pasó con... todo lo que dijiste? ¿Quieres que me vaya?

–Hemos tenido... Ha sido algo bonito –dijo él, mirando hacia el sol–. Pero yo tengo responsabilidades aquí y tu presencia ha sido... una distracción. Tengo que concentrarme. Tengo que mantener las riendas de todo.

Katharine sintió un arrebato de rabia. Quizá él no sintiera nada, pero ella lo sentía todo. Y no estaba dispuesta a guardárselo todo dentro.

–¿Un distracción? ¿Así es como lo llamas? ¿Como si no hubiera sido nada para ti? ¿Y qué pasa con lo de ayer?

Él tragó con dificultad.

–Ayer todo habría sido distinto si no me hubiera casado contigo. Causa y efecto. De todos modos, yo pensaba que tenías pensado cumplir con tus funciones de jequesa consorte desde Austrich.

–Eso era antes.

–¿Antes del sexo? Tú fuiste la instigadora. Yo simplemente te seguí el juego. Se suponía que todo seguía igual. Eso lo sabías.

Katharine guardó silencio. Las cosas que acababa de decirle... Sacudió la cabeza y se levantó de la cama, tapándose con las sábanas.

–Sí que cambiaron muchas cosas, Zahir. Sí que cambiaron. Cinco años sin una mujer, ¿recuerdas? Me dijiste que conmigo era distinto.

Él sintió que un músculo se le tensaba en la mandíbula.

–Y lo eres.

–¿Entonces qué pasa?

–¡Te doy tu libertad! –gritó él.

La bestia había salido. Katharine ya casi había olvidado que existía.

–Te ofrezco la libertad. ¡Te ofrezco todo lo que me pediste desde el primer día! ¿Por qué te resistes ahora?

–Porque he cambiado –dijo ella, sintiendo un nudo en la garganta–. Mis sentimientos han cambiado. Tú... Me enseñaste cosas sobre mí misma. Me hiciste creer que podía ser simplemente yo.

Él sacudió la cabeza.

–No. No hables.

Por una vez, le hizo caso. La garganta le ardía. Los ojos le escocían.

–No quiero saber nada de tus sentimientos. No significan nada para mí.

–Sí que significan algo. Sé que sí. Recuerdo la otra noche, lo que me dijiste. Me dijiste que yo era tu esperanza. Y yo creí...

–Tienes razón –su voz sonaba grave y cargada de emoción–. Dije todas esas cosas. Las decía de verdad.

Eres brillante, Katharine, una estrella fugaz, todo lo que un hombre podría desear en una mujer. Pero yo estoy muerto por dentro. No siento nada. Y tú te mereces a un hombre capaz de sentirlo todo.

Ella tragó con dificultad. Tenía un nudo en la garganta que le impedía respirar.

–¿Por qué no me dejas en paz y haces tu vida? –gritó él, furioso.

–Fuera –dijo ella, ahogándose con la palabra.

Él no se movió. Siguió allí de pie, observándola.

–¡Fuera! –gritó ella con la voz desgarrada.

Él inclinó la cabeza y salió. Sus pasos eran pesados, su ritmo irregular. Katharine sintió una lágrima, deslizándose sobre su mejilla. Se la secó con la palma de la mano y se dio la vuelta hacia la ventana hasta que oyó el portazo a sus espaldas. Fue hacia el cuarto de baño y soltó la sábana en la que se había envuelto. Se inclinó sobre la ducha y abrió el grifo. Esperó a que el chorro saliera muy caliente y entonces entró. Se miró los brazos, todavía decorados con los dibujos de henna. Un sollozo profundo le subió por la garganta. Agarró una pastilla de jabón y empezó a frotarse la piel con violencia. Quería borrar los tatuajes, quería borrarle a él... Pero no se quitaban... Tiró al suelo el jabón y bajó la cabeza. Dejó correr las lágrimas, dejó que se mezclaran con el agua que le caía sobre la cabeza. Durante un instante se imaginó subiendo a un avión y regresando a Austrich, esa vez de forma definitiva. Había sido su hogar durante toda su vida. Podía volver, vivir en la casa de su padre. Llevaba toda la vida soportando sus comentarios despreciativos; podía seguir haciéndolo. Siempre había sido fuerte y todavía podía serlo...

Volvió a mirarse los brazos. Esos arabescos con forma de flores y parras eran tan hermosos, de un color vibrante... Sentía que el corazón le iba a estallar en mil pedazos, pero la henna seguía ahí, al igual que él. Era parte de ella, y ella de él. A lo mejor no la creía, pero lo era. O quizá sí lo sabía, pero no quería enfrentarse a ello.

Se cubrió la cara con las manos y se secó las lágrimas. No iba a volver a Austrich. Abandonar no era una opción. Alejarse del hombre que le había mostrado su propia fuerza interior, el hombre que creía en su valía, era imposible.

A esas alturas Zahir ya debía de conocerla lo bastante como para saber que la jequesa Katharine S'ad al Din nunca huía de un desafío.

Zahir se sentía como si estuviera sangrando por dentro, y no sabía qué hacer para parar la hemorragia. Era puro dolor, caliente y destructivo. Dejarla ir le dolía, pero hacerle daño para alejarla de su lado era simplemente insoportable. Esa era la clase de dolor que podía arruinar la vida de un hombre. Salió del palacio y se dirigió hacia el prado. No podía verla marchar. Cerró los ojos... Esperó la llegada de esos recuerdos tormentosos... Pero no vio nada. No había nada que pudiera sacarle de ese momento de profundo dolor. Era imposible evadirse, por una vez. Pero no iba a verla marchar. Eso no podía hacerlo, porque si lo hacía, entonces trataría de detenerla.

Preparó a Nalah para salir y llenó las alforjas con todo lo que necesitaba para sobrevivir a la intemperie. Tenía que huir. La fuerza ya se le estaba acabando. Si la veía marchar, el corazón se le rompería en mil pedazos. Había logrado reconstruirse en una ocasión, pero no sabía si podría volver a hacerlo sin ella.

Capítulo 14

A ZAHIR le temblaba la mano cuando la puso sobre la puerta de la que había sido la habitación de Katharine. Llevaba fuera tres días, tiempo suficiente para dejarla recoger sus cosas y marcharse.

Las cosas se calmarían. Tenían que hacerlo. Ella lo superaría; el dolor se acabaría al final. Si su padre moría, cumpliría con sus obligaciones cuando fuera necesario.

Katharine no necesitaba que nadie la tomara de la mano y le diera consuelo. Era fuerte, mucho más que él. Era más fuerte, más lista que toda la gente a la que había conocido en toda su vida. Se debatió un momento. No sabía si abrir o no la puerta. A lo mejor si lo hacía, entonces todo sería demasiado definitivo. Si la dejaba cerrada, quizá podría imaginar aún que ella seguía ahí dentro. Sacudió la cabeza. Si había algo que ya no hacía era ignorar el dolor, o los sentimientos. Ella se lo había enseñado. Lo había ayudado a encontrar su corazón de nuevo. Empujó la puerta y el corazón se le encogió.

Allí estaba ella, sentada en el borde de la cama. Su postura era rígida. Tenía las manos entrelazadas sobre el regazo.

–¿Qué estás haciendo aquí?

–Oh, no me fui.

–Yo te pedí que lo hicieras.

Ella asintió con la cabeza.

–Lo hiciste. Y entonces yo te dije que salieras de mi habitación, pero aquí estás.

–Tres días más tarde.

–Aun así...

Zahir sintió una tensión en la garganta.

–¿Por qué estás aquí?

–Porque no quiero irme. Me comprometí a quedarme desde el primer día, y quiero cumplirlo. No voy a dejarte, no hasta que hablemos con un poco de sinceridad.

–Deberías marcharte... ¿Qué puedo darte yo, Katharine? –le preguntó. Las palabras sonaron desgarradas, como si se las arrancaran del corazón–. Tú me has dado muchas cosas, y yo no he hecho más que quitarte y quitarte. ¿Por qué lo has aceptado?

–Porque te quiero.

Las palabras de ella le golpearon como un puño.

–No puedes –le dijo, sacudiendo la cabeza.

–¿Por qué? ¿Porque tienes cicatrices? ¿No te das cuenta de que yo...?

–Por ser quien soy... Por lo que soy... Para aliviar mi dolor, te he robado la luz, y no puedo soportarlo.

–¿Sabes lo que veo cuando te miro, Zahir? Eres el hombre más valiente, más increíble que he conocido jamás. Has logrado superar cosas terribles, muchas más que cualquier otra persona, y lo has hecho con valentía, fuerza.

–He tenido miedo...

–Bien –dijo ella. Una lágrima rodó por la mejilla–. Bien. Porque eso me dice que eres todavía más valiente, porque lo haces de todos modos. ¿Crees que me has quitado algo? ¿Es que no te das cuenta de todo lo que me das? Respeto, cariño. Eres la única persona en mi vida que ha visto más allá de mi apariencia. Para ti no he sido solo una muñequita bonita, un peón. Me dijiste que me hubieras echado aquel día de no haber sido por mis acciones, por mis palabras. No por mi cuerpo, ni por mis contactos. ¿Cómo es posible que no sepas lo que eso significa? ¿Cómo es posible que no sepas lo que ha sido para mí?

–Las personas que te rodean no han sido más que unos idiotas, Katharine. Eres preciosa, la mujer más hermosa que he visto jamás. Pero es tu corazón, tu carácter, tu mente... Eso es lo que yo veo en tu rostro. Cuando los recuerdos y las pesadillas me asedian, veo tu cara y eso aleja la oscuridad –dio un paso hacia ella y le sujetó la mejilla con la mano–. Pero me temo que he dejado la oscuridad en ti. Tú eres bondad y luz, pero yo te he tocado con toda esa muerte que vive en mí.

–¿Pero por qué dices algo así? –le preguntó ella, sacudiendo la cabeza.

–Tuviste esos sueños. No... No puedo seguir envenenándote.

–Zahir... Sí. Tuve sueños malos. Soñaba que te perdía. Eso pasa cuando tratas de aferrarte a algo, y tienes miedo de que se te escape de entre las manos. Eso es lo que pasa cuando tienes miedo de estar enamorado y no ser correspondido. No eres tú. No hay muerte en ti. No hay oscuridad. Tú me has dado más alegría, más felicidad, más placer del que jamás he tenido en mi vida. No me has robado la luz. La luz ahuyenta la oscuridad, Zahir. Lo gana todo. Lo único que tú has hecho es darme fuerza.

Él la creía. Sus palabras estaban llenas de tanta fuerza y convicción que no podían ser mentiras. La verdad que había en ellas reverberó por todo su cuerpo hasta llegarle al alma.

–Pero yo no... Yo no soy todo lo que deberías tener. Estoy muy lejos de ser lo que tú te mereces.

–Y probablemente yo tampoco sea todo lo que tú te mereces, pero no es así como funciona. Te quiero. Y con eso, me llevo todo lo que eres. Y si tú pudieras quererme también, entonces te llevarías todas mis cosas malas, junto con todo lo bueno.

Él la miró un instante. El gesto firme de su mandíbula le resultaba ya tan familiar, tan dulce. Un hilo de esperanza se coló en sus venas. Felicidad, amor y muchos sentimientos más le iban llenando por dentro poco a poco. Eran sensaciones que creía perdidas para siempre.

–Cosas como lo mandona que eres.

Ella frunció el ceño.

–Sí.

–Lo acepto todo –de repente se sintió como si su corazón empezara a latir de nuevo después de haber estado parado durante mucho tiempo, como si volviera a estar vivo después de pasar cinco años muerto–. Lo acepto todo de ti. Porque te quiero, Katharine.

–Zahir... Tú... Me dijiste que eso del amor no era para ti.

–Y las multitudes tampoco lo eran. Había muchas cosas que no soportaba antes, muchas cosas que no me creía capaz de hacer. Sé por qué te quiero. Tú has traído luz a mi vida. Me has cambiado –apoyó la palma de la mano sobre el pecho; sintió su propio corazón, que retumbaba con cada latido–. Me has hecho seguir adelante. Es fácil quererte. Me has hecho sentir cómodo en este cuerpo. Llevo cinco años sin sentirme así.

Katharine dejó escapar una risotada de alegría y se secó las lágrimas que le corrían por las mejillas. Él se acercó y la miró a los ojos. Con las yemas de los dedos recorrió el rastro de humedad que habían dejado las lágrimas en sus mejillas.

–Lo que no entiendo es por qué me quieres.

–Cuando los paparazis estaban en la puerta aquel día, y tú saliste y te enfrentaste a ellos, me di cuenta de la clase de hombre que eres. Sabía que tenías un espíritu fuerte. Te he visto hacer lo correcto una y otra vez, incluso aunque fuera lo peor para ti. Le hiciste frente a mi padre, y le dijiste lo que pensabas sobre mí. Y antes de todo eso, vi ese cuerpo extraordinario que tienes –se rió de nuevo.

Zahir no pudo evitar esbozar una sonrisa. La esperanza crecía por momentos.

–No quiero a nadie más. No quiero otra versión de ti. Solo te quiero a ti. No quiero al hombre que eras. Quiero al hombre que eres ahora.

–Tú me ayudaste a convertirme en ese hombre. Me ayudaste a luchar contra lo que no podía luchar solo.

–Lucharemos juntos. Lucharemos el uno por el otro, durante el resto de nuestras vidas. Habrá cosas a las que no podamos enfrentarnos solos, y yo sé que cuando llegue ese momento, te querré a ti luchando a mi lado.

Zahir sintió un nudo en la garganta. Soltó el aliento bruscamente.

–Me partió el corazón dejarte marchar. Pero pensaba... Pensaba que era lo que tenía que hacer.

–Oh, Zahir –ella lo agarró del cuello y se aferró a él con devoción. Le dio un beso en la mejilla–. Es por eso que te quiero –le susurró–. Porque estabas dispuesto a sacrificarte para salvarme.

Se apartó un poco y lo miró a los ojos.

–Pero no vuelvas a hacer algo así jamás. Me rompiste el corazón.

–Rompí el mío también. No creía que fuera posible. Creía que no tenía corazón que romper, pero tú destruiste todas las barreras que había creado a mi alrededor. Me has hecho un hombre nuevo. Estaba perdido, hundido en mi propio dolor, en mi miseria. Tú me sacaste. No supe que había estado viviendo en el infierno hasta que tú me enseñaste que había algo más ahí fuera, hasta que me enseñaste que había dejado morir una parte de mí. Tú me devolviste a la vida.

Katharine lo miró. Contempló al guerrero que había sufrido una pérdida tan grande... El hombre que se había protegido con una coraza de hierro... Vio el brillo de las lágrimas en sus ojos, y entonces ya no pudo aguantar más. Se echó a llorar también.

–Te quiero de verdad –le dijo–. Quiero todo lo que eres, todo aquello en lo que te has convertido. Lo bueno, lo malo, y todo lo demás.

–Y yo te quiero a ti, lo bueno, lo malo y todo lo demás –dijo él, repitiendo sus palabras.

–¿Incluso cuando me pongo mandona?

Él la rodeó con los brazos.

–Sobre todo cuando te pones mandona –le dijo. Capturó sus labios y le dio todo lo que tenía para dar–. Ven conmigo...

La tomó de la mano y se la llevó por el largo pasillo que llevaba a sus aposentos, situados en la otra ala del palacio.

–No vas a seguir viviendo al otro lado del palacio, ¿verdad? –le preguntó ella.

–No. No voy a dormir sin ti. No puedo.

–Bien. Yo tampoco duermo bien sin ti.

La condujo al dormitorio.

Nada más entrar, Katharine reparó en lo que había sobre la repisa situada enfrente de la cama. Volvió a sentir el picor de las lágrimas. Era el jarrón en el que se habían mezclado la arena blanca y la negra.

–Aunque te pedí que te fueras, no pude olvidar esto.

No podía dejar de pensar que era verdadero, auténtico. Lo puse aquí cuando llegué a casa, justo antes de venir a verte. Sabía que aunque pasaran muchos años, la verdad seguiría ahí dentro. Tú estás en mí. Eres parte de mí. Siempre.

–Y tú eres parte de mí –dijo ella–. Una parte a la que quiero mucho.

–Les contaremos esta historia a nuestros hijos.

Katharine sintió que el corazón se le henchía.

–¿Hijos? Pensaba...

–En realidad nunca tuve miedo de que mis hijos lloraran al verme. Pero tenía miedo de que... Tenía miedo de no ser capaz de querer a un niño. Había perdido tantas emociones... Ahora ya no tengo miedo.

–Les contaremos la historia de la princesa y la arena mágica –dijo ella, sonriendo entre lágrimas.

–Pero no hubo magia –dijo él–. Todo salió de la princesa, de su fuerza, de su inteligencia. Y del amor que le dio a la bestia.

Katharine se puso de puntillas y lo besó en los labios.

–Bueno, eso sí que es un cuento de hadas –dijo.

Él le apartó el pelo de los ojos y así pudo contemplar al hombre que amaba. Era un rostro que hablaba de dolor, pero para ella era lo más preciado.

–Qué bien –dijo él–. Porque estoy seguro de que viviremos felices y comeremos perdices.